LA CASA DE PAPEL

ESCAPE BOOK

Obra editada en colaboración con Editorial Planeta – España

Fotografía portada y fotogramas del interior: © Netflix, Inc., 2019. Used with permission
Diseño de portada: Lookatcia
Enigmas: © Cocolisto, 2019
Creación y realización: Lunwerg, 2019

© 2019, Ivan Tapia
www.cocolisto.com

© 2019, Montse Linde

© 2019, Editorial Planeta S.A. – Barcelona, España

Derechos reservados

© 2019, Editorial Planeta Mexicana, S.A. de C.V.
Bajo el sello editorial LUNWERG M.R.
Avenida Presidente Masarik núm. 111, Piso 2
Polanco V Sección, Miguel Hidalgo
C.P. 11560, Ciudad de México
www.planetadelibros.com.mx

Primera edición impresa en España: noviembre de 2019
ISBN: 978-84-17858-38-4

Primera edición impresa en México: noviembre de 2019
Segunda reimpresión impresa en México: junio de 2020
ISBN: 978-607-07-6451-6

Impreso en los talleres de Litográfica Ingramex, S.A. de C.V.
Centeno núm. 162-1, colonia Granjas Esmeralda, Ciudad de México
Impreso en México –*Printed in Mexico*

LA CASA DE PAPEL

ESCAPE BOOK

EL DIARIO DEL PROFESOR

Ivan Tapia

Montse Linde

LUNWERG
EDITORES

NETFLIX

LEER ANTES DE USAR

¡Bienvenido al *escape book* de *La casa de papel*!
En un *escape book*, el auténtico protagonista eres tú, que debes dar respuesta a los retos propuestos si quieres saber por dónde continuar leyendo, ya que los capítulos del libro están desordenados.

¿Cómo jugar con este libro?
Lee cada capítulo hasta encontrar un enigma. Los reconocerás porque se trata de imágenes a página completa de algunas escenas de *La casa de papel*.

Para resolver el enigma, deberás usar uno o varios de los recursos que habrán ido apareciendo durante la lectura y que puedes recortar en las páginas 175-207: hacerlo te facilitará la tarea de resolución.

Para saber por qué página has de seguir leyendo la historia, deberás descubrir primero qué esconde el enigma y después transformarlo en un número por medio de un elemento que encontrarás en el libro: este será el número de página por el que continuar con tu lectura.

¿Y qué pasa si no consigues resolver un enigma?
No te preocupes. Al final de cada capítulo se menciona la página en la que consultar las pistas que te ayudarán a conseguir tu objetivo.

Tú decides si quieres utilizar una pista, todas las pistas o ninguna. Tú eres quien regula la dificultad del libro.

Esperamos que disfrutes descifrando las pruebas que ha preparado el Profesor.

¡¡¡Suerte!!!

Me hubiese gustado tener perro, pero no lo tengo. Tampoco tengo un domicilio fijo, ni una pareja estable. Lo que tengo, lo imprescindible, me cabe en los bolsillos de los vaqueros.

Hoy he cerrado el penúltimo proyecto de mi vida: mi taller de reparaciones de motos. Siempre es lo mismo: el penúltimo amor, la penúltima copa, el penúltimo fracaso… Como si mi vida entera se empeñara una y otra vez en quedarse por las orillas en vez de salir al mar abierto. O a lo mejor solo soy un optimista triste, con la botella siempre medio llena, pero un palmo fuera de mi alcance.

Lo intento, juro que intento que algo salga bien, aunque creo que nací gafado y así es como voy a morir. Gafado, solo y pobre. O al menos eso es lo que pensaba hasta esta mañana.

El día ha amanecido frío en Aranda de Duero. De esos de envolverse en tres capas de ropa y ver cómo se congela el aliento. Andaba colgado del teléfono, revendiendo las últimas herramientas a otros con más suerte que yo, cuando ha sonado el interfono. Era el cartero y me traía un paquete como los de antes, con papel de estraza marrón y cuerda bramante atada en cruz. Si viviese mi madre, habría pensado que me lo enviaba ella desde aquel pueblo adonde, por no llegar, no llegan ni las noticias. Pero desde el cementerio los muertos no tienen un autobús que los lleve a correos.

Encima de la mesa del despacho, si es que a este cuartucho se le puede llamar despacho, tengo las cinco cosas que venían dentro del paquete: una carta sin firmar, un cuaderno amarillento que fue mío y nunca estrené, una caja de latón de la marca de mis galletas favoritas cerrada con candado, la foto de una máscara que todo el mundo en este país conoce de sobra y una pajarita roja de papel.

El paquete venía sin remite, pero ni falta que le hace. Yo sé perfectamente quién me lo envía. De hecho, lo estaba esperando.

Me llamo Jero Lamarca y fui el primer colega de Sergio Marquina, «el Profesor» más famoso de este país, el Robin Hood al que buscan los maderos de todo el mundo.

p. 175

En los días en que todo dios asistía con la nariz pegada al televisor al atraco en la Fábrica Nacional de Moneda y Timbre, mis colegas apostaban sobre cuánto iban a tardar los GEO en coser a los atracadores a balazos. Yo siempre aposté por «los malos», por los que habían perpetrado el asalto, porque por una vez creí de verdad que un puñado de inconformistas marcados para perder podía modificar a su favor las fronteras del destino y ganar la partida.

Mentiría si dijese que sospeché que Sergio era el célebre «Profesor», pero cuando días después reconocí su cara en el telediario, me bajé al colmado de la esquina y esa noche me di un banquete a su salud y por los viejos tiempos. Me sentía como si todas las cartas de la última mano se hubieran transformado en ases por arte de magia.

Sergio y yo nos conocimos hace más de treinta años en una habitación de paredes azul pálido en el hospital de San Juan de Dios de San Sebastián. Yo le enseñé a hacer pajaritas de papel; él a mí, a mantenerme despierto con juegos mentales que él mismo inventaba. Pero sobre todo me enseñó a no perder nunca la esperanza. «Siempre queda una última vez para todo», decía.

En esa habitación, sentados de madrugada en una cama que ya ni seguirá allí, hicimos un pacto de lealtad eterna y lo sellamos intercambiando nuestros chicles, a modo de apretón de manos. Y ahora Sergio ha aparecido de la nada para cumplirlo:

Queridísimo Jero:

¡Cuánto tiempo ha pasado desde la última vez que nos vimos! ¿Cómo estás? Espero que la vida no te haya convertido en un tipo duro y que conserves una parte de aquel niño alegre, peleón y valiente que conocí mucho antes de saber qué nos aguardaría en el futuro, o de saber siquiera si tendríamos uno. Pero sobre todo espero que mantengas las ganas de jugar y de divertirte que tuviste siempre, aunque sé bien que «siempre» es una palabra que nos queda muy grande.

Espero que esta carta no te sorprenda demasiado: han pasado décadas, es verdad, pero tú nunca has dejado de formar parte de mis mejores recuerdos. Eso es así. Sé que nada sería igual si no te hubiese conocido. Fuiste el mejor compañero de juegos que un niño enfermo podría desear y te debo tanto que, por mucho que lo intente, nunca podré compensarte.

Te sacaron de allí de la noche a la mañana, tan rápido que ni siquiera pudimos despedirnos, ¿te acuerdas? Ni un «adiós», ni un «hasta pronto», ni un «gracias»… Durante un tiempo llegué a pensar que quizá habías muerto y me lo ocultaban solo para que no me hundiese y siguiera luchando, pero luego me dije que tú y yo teníamos un pacto, y, como tú repetías, «los caballeros de la noche nunca faltan a su palabra». Me aferré a ese deseo para continuar adelante, allí solo, en aquella habitación que olía a desinfectante y a medicinas. Y funcionó. Porque al fin y al cabo, solo creemos en aquello que nos empeñamos en creer, diga el resto lo que diga.

Por eso, amigo Jero, no hagas caso de todo lo que los medios dicen sobre mí ahora. Aunque en realidad lo que realmente me importa es lo que piensa la gente de la calle, lo que piensan las personas a las que quiero, lo que piensas tú. Y la calle lo dejó muy claro el día en que la policía estuvo a punto de cogernos. A lo mejor de aquí a un tiempo tú y yo podemos sentarnos frente a frente con una cerveza en las manos y contárnoslo todo como nos lo contábamos siempre, con pasión y con detalle.

Te estoy proponiendo un juego, por los viejos tiempos, por todo lo que hemos ganado y por todo lo que hemos perdido. Además, recuerda que todo juego tiene un premio, aunque sé que no va a ser ese el motivo que te mueva a aceptar mi invitación. Pero estoy seguro de que el recorrido que te he preparado te va a resultar fascinante. Venga, demuéstrame que sigues siendo igual de curioso que fuiste siempre. Si la vida te ha amodorrado, espabila y sal a buscar tu futuro. Tú sabes hacia dónde volaban nuestras pajaritas, así que si quieres que empecemos, solo tienes que seguir tu instinto.

Un abrazo enorme, amigo mío. Te mereces, como mínimo, lo mejor.

Con mucho cariño,

P. D.: Te adjunto la libreta que te dejaste olvidada en la mesilla de noche de la habitación cuando se te llevaron. Disculpa si la he garabateado un poco, pero en algún sitio tenía que reproducir el códice, ¿no te parece?

Levanté la vista de la carta, eché la mano hacia el cuaderno para abrirlo como se abre un portal en el tiempo, y ahí estaba… El códice. Así era como llamábamos a una hoja de papel que Sergio y yo utilizábamos en el hospital para cifrar los mensajes secretos que intercambiábamos. Creía que nunca volvería a usar algo así, pero Sergio había creado un nuevo códice en mi libreta.

Sergio Marquina, el niño con el que yo jugaba en las largas horas de hospital que pasamos juntos durante más de dos años.

Sergio Marquina, «el Profesor», el cerebro del mayor atraco de todos los tiempos.

No tengo ni idea de en qué consiste exactamente la propuesta, pero viendo la pajarita tengo claro que nuestro juego ha vuelto a empezar. Acabo de perder lo que tenía, que era poco, pero era todo. Así que la invitación de Sergio no podría llegar en un momento mejor. Cuando uno llega al fondo, lo único que puede pasar es que comience a subir.

¿Cómo iba la cosa? Imagino que, si quiero abrir la caja de latón, tendré que encontrar la clave que esconden la foto y la figura de papel, y mirar a qué número corresponde esta clave en el códice.

¡Los caballeros de la noche cabalgan de nuevo!

MOSCÚ	020	ESTOCOLMO	123
KABUL	097	ATENAS	070
BUDAPEST	120	MANILA	116
SÍDNEY	086	PEKÍN	329
TOKIO	056	DALLAS	023
LISBOA	07.4	PETRA	039
PARÍS	015	ROMA	114
MARSELLA	060	LYON	052
SARAJEVO	084	TALLIN	094
BERLÍN	110	KIEV	063
NAIROBI	108	ANKARA	100
DENVER	049	MEDELLÍN	050
OSLO	129	DUBÁI	030
HELSINKI	037	RÍO DE J.	036
BRUSELAS	024	SHANGHÁI	055
DAKAR	107	PALERMO	022
TORONTO	077	LUXOR	046

p. 209

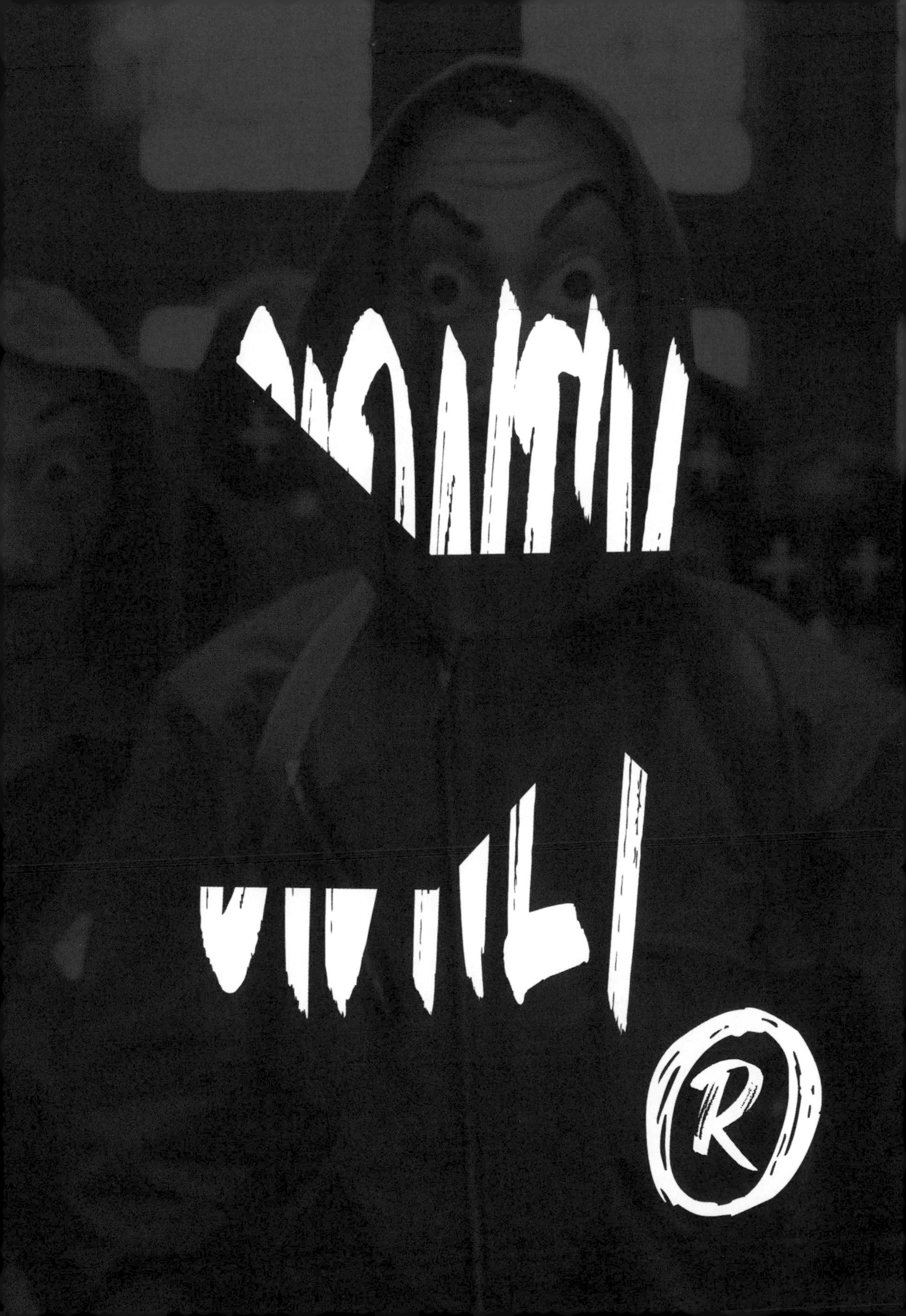

Descifra el enigma para saber por dónde continuar.

Si lo necesitas, puedes consultar las pistas de la p. 139.

Escribe aquí la respuesta para recordarla más adelante.

JERO RESUELVE EL ENIGMA DEL HOSPITAL

Dentro de la caja fuerte del hospital había una foto y una carta con una dirección en la posdata: la de Carolina, la de la única Carolina que ha existido para nosotros. Me he vuelto a sonrojar como de pequeño cuando he leído su nombre. Su melena pelirroja ha aparecido alguna vez en mis sueños de adulto, solo para recordar que un día fue real e inalcanzable, como lo son las mujeres de verdad para los niños que las miran desde abajo. No sé cómo hubiésemos sobrevivido sin ella.

La dirección corresponde a una urbanización que está a pocos kilómetros de San Sebastián, así que he decidido darme un lujo y quedarme a dormir en un hotel delante de la playa. No debería, sé que no debería. Voy con lo justo, como siempre, pero qué más da ya. Las cosas están a punto de cambiar. Porque Carolina no es la única sorpresa que se esconde en la posdata de la carta de Sergio.

He vivido los últimos años varado en el mismo lugar, a más de trescientos kilómetros de distancia, y he venido de un tirón. Después de tantas horas cabalgando sobre la moto, mi cuerpo me pasa factura. Soy relativamente joven, pero estoy cascado. Es lo que hay: no es una queja, solo lo afirmo. Además, mañana quiero llegar duchado y arreglado al nuevo destino que me ha preparado el Profesor.

Porque resulta que el mayor atracador de este país es el único amigo de verdad que he tenido. No soy para nada un solitario —tengo colegas de farras, de motos y de timbas—, pero Sergio es el único que ha conseguido saber lo que me pasa sin necesidad siquiera de mirarme, porque había días en que los silencios eran más elocuentes que las palabras. Así que no se me ocurre mejor plan para los próximos tiempos que disfrutar de este juego a medida.

Y ahora, por obra y gracia de Sergio, vuelvo a tener a Carolina a mi alcance. Aunque me da un poco de coraje que descubra que no soy el hombre en el que a ella le hubiese gustado que me convirtiese.

Cuando me he despertado en la cama del hotel esta mañana, no sabía dónde estaba. El sonido del mar se colaba en el cuarto, el murmullo tranquilo de las olas y los gritos de las gaviotas a lo lejos; algunas nubes empiezan a cubrir el cielo. Hacía siglos que no dormía a pierna suelta. Lo pienso y casi me llega la risa de Sergio. Yo también sonrío; humor de hospital, de niños pequeños. Poco a poco me he espabilado, me he aseado con esmero y me he puesto una camiseta limpia. He recogido mis cuatro cosas y he pagado la cuenta, demasiado cara para mi bolsillo. Ni siquiera me he sentido mal. A lo mejor es que hasta estoy contento.

Mientras ponía gasolina, un Renault Clio gris con un faro delantero roto ha entrado en la estación de servicio. Estoy seguro dc que estaba esta mañana delante del hotel, porque en la bandeja trasera lleva un anorak azul con una raya amarilla. Y yo no creo demasiado en las casualidades, pero gracias a Sergio vuelvo a ser un niño y, como todavía no tengo motivos para estar cabreado, le voy a dar una oportunidad a la buena fe. Me lo he tomado con calma: he pedido un café solo, me lo he llevado a la mesa más apartada que he encontrado y, una vez allí, he vuelto a leer la carta que Sergio me dejó en la caja fuerte del hospital.

Amigo mío:

Me hubiese encantado acompañarte en este viaje, sobre todo a tu próximo destino, aunque no hace falta que te explique por qué no ha podido ser. Prepárate para tener muchas sorpresas, pero sobre todo relájate y diviértete.

Como debes de imaginar, he dedicado la mayor parte de mi vida a planear este atraco. Elaboré listas y más listas de todos los imprevistos y escarbé y diseñé vías de salida ante todas las contingencias posibles. Me conoces: procuré tener más de una respuesta para cada eventualidad que se pudiese presentar. Pero al final pasó lo que siempre pasa: que la emoción es mucho más poderosa que nuestra inteligencia, nos supera con creces y nos da unos cuantos bofetones como nos daba el bruto de Ramírez.

Controlas la radio de la policía y con dieciocho cámaras estás dentro de la Fábrica de Moneda y Timbre como si fueses el Gran Hermano que todo lo ve. En menos de veinte horas ya habíamos impreso cincuenta y dos millones de euros. ¿Te haces una idea de lo que eso significaba?

Por su parte, la policía puso a una inspectora al mando, Raquel Murillo, con la que establecimos una relación como tiene que ser: uno pide, el otro cede. De vez en cuando medimos fuerzas como hacen los boxeadores, y vuelta a empezar, girando uno en torno al otro en el cuadrilátero con los puños en alto pero sin lanzar el guante.

Debo confesar que fue muy atrevido por mi parte presentarme en el bar y verle la cara a la inspectora. Y cuando oyes que se ha quedado sin batería en el móvil, en menos de un segundo evalúas pros y contras y el resultado es que le ofreces el tuyo. Y mientras pones tu sonrisa más agradable y te presentas con un nombre que en realidad no te pertenece —Salvador Martín—, piensas que te ha tocado la lotería.

Ese mismo día conseguimos mandar nuestro primer mensaje a la opinión pública: nosotros no robamos el dinero de nadie. Y de paso a la policía: si entraban a la fuerza, no sabrían quién era rehén y quién atracador, porque todos iban vestidos igual, con el mono rojo y la careta de Dalí.

Pero no todo iba a ser tan sencillo: las cosas siempre son susceptibles de empeorar. En especial cuando el amor se cuela en la partida de ajedrez y emborracha a los peones, sacando del tablero al rey y a los alfiles si hace falta.

Cuando la inspectora Murillo me dijo que tenían la imagen de sesenta y siete móviles pegados en una pared, me quedé sin palabras. No fue tanto porque algo saliese mal como porque no había previsto que uno de los míos me fallara, pero no se me ocurría otra explicación. De hecho, no la había: Río tuvo la culpa de que la imagen de los teléfonos llegase a la policía, y cuando Berlín ordenó castigarlo, Tokio —que tenía una relación personal con Río, por más que se lo prohibí y los puse sobre aviso a todos en su día— no dudó en disparar a las cámaras y dejarme a ciegas para darle a Berlín un escarmiento.

Y, como he dicho, las cosas siempre pueden empeorar, porque yo aún no sabía que la orden de matar a la rehén Mónica Gaztambide ya tenía atrapado a Denver en las baldosas blancas y negras de un lavabo. El delito de *ella: haberse hecho con un teléfono para contactar con el exterior y poder escapar. Los peones continuaban saltando en el tablero. Y tú te preguntas en qué preciso instante va a estallar todo por los aires.*

Continúa el juego, Jero.

Sergio

P. D.: Tu próximo destino está en la calle del Pino, 25, en la zona de Miramón. Pregunta por Carolina. Sí, lo has leído bien, CA-RO-LI-NA.

Por cierto, aún no te he dicho qué encontrarás al final del camino si consigues llegar a la meta. ¿Qué te parecerían diez millones de euros?

Doblo la carta y me adentro en el escenario de posibilidades que se ha abierto ante mí. Si lo que dice Sergio es verdad, que lo es, mi vida se acaba de girar como un calcetín. O a lo mejor no; a lo mejor el dinero solo sirve para no tener que pensar en el dinero, pero todo lo demás continúa intacto esperando hacer una pirueta, meterse en los bolsillos y hacer que tu espalda se doble con el peso. Ya lo pensaré cuando llegue al final, si es que llego, porque de momento solo hay que centrarse en el siguiente paso. A veces pienso que a lo mejor encuentro a Sergio al terminar el recorrido.

Camino de la puerta con el casco en la mano, echo un vistazo por la cristalera para descubrir que ahí fuera ya está diluviando.

Carolina Sánchez Ocaña era la enfermera de la que los dos estábamos enamorados cuando éramos niños, una especie de hada madrina pelirroja. Ahora debe de rondar los sesenta años, pero solo caigo en ello cuando toco el timbre de su puerta y oigo los pasos que se acercan al otro lado.

Cuando abre, me cuesta unos segundos reconocerla y me quedo ahí de pie, calado hasta los huesos y sin decir ni pío. Ha pasado mucho tiempo y no he tenido la picardía de irle pintando arrugas al recuerdo. Pero sí, cuando sonríe ahí está otra vez Carolina. Creo que se ha alegrado de verme, aunque tampoco ha sido demasiado efusiva. Me ha invitado a entrar, me ha dado una toalla y me ha indicado que podía secarme y arreglarme en el baño. Y eso casi sin decir palabra, como hacía siempre. Lograba que hicieses lo que ella quería sin dar una puñetera orden y creo que por eso las demás enfermeras la odiaban un poco, porque conseguía mantenernos a raya sin levantar ni una sola vez la voz. Aún alucino con el dominio que tiene esta mujer.

No le he dicho todavía a qué he venido porque en realidad no lo sé; no he preparado ni una triste excusa. Pero al segundo entiendo que no hace falta, que ella ya estaba lista, porque, si no, una no le abre la puerta como si tal cosa seis lustros después al niño al que día sí y día también le limpiaba los mocos, ni le dice que entre como si lo hubiese visto ayer.

He reparado en él nada más entrar en la sala de estar.

Al lado del radiador hay un costurero de aquellos de dos pisos que se abren extendiéndose hacia los lados. Está cerrado con un candado. Encima, una pajarita roja me está esperando. De manera automática, me llevo la mano al bolsillo de la chupa para asegurarme de que he traído el códice y la foto que encontré en la caja fuerte del hospital.

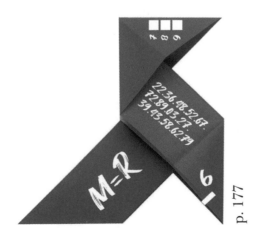

p. 177

20

Carolina me ha traído un café con leche con galletas maría. No recuerda que me sienta mal la leche. Casi puedo escuchar a Sergio: «Tú nunca fuiste su preferido». ¡Maldito Sergio!

Sigue siendo elegante como la princesa de Mónaco y su sonrisa aún conserva un aire de inocencia. El mismo cóctel que en aquella época la convertía en la mujer más irresistible del mundo a nuestros ojos. Eso era lo único en lo que todos los del pabellón infantil de San Juan de Dios estábamos de acuerdo.

—Te espero en el jardín, porque creo que tú todavía tienes para un rato —me dice burlona mientras señala el costurero.

Cuando miro por la ventana veo que ha salido otra vez el sol. El tiempo anda un poquito zumbado hoy; puede que también él esté jugando. Inspiro hondo mientras me siento en la mesa con el códice, la foto, el costurero y la pajarita. ¡Te voy a freír, Sergio Marquina!

48 36 03 34 27 34 62 58

85 94 89 72 33 40 63 98

52 22 25 67 39 50 79 43

Descifra el enigma para saber por dónde continuar.

Si lo necesitas, puedes consultar las pistas de la p. 141.

Escribe aquí la respuesta para recordarla más adelante.

JERO RESUELVE EL ENIGMA
DE LA LIBRERÍA

He tardado porque Sergio cada vez me lo está complicando más. He metido en el petate lo que he encontrado: una carta, una foto, una pajarita y una caja metálica. Estaban en el hueco a medida que alguien ha creado recortando las páginas del libro, y me pregunto de dónde sacó mi amigo el valor para destrozar ese ejemplar, si el día en que le dibujé un corazón él casi rompe el mío con la mirada de desprecio que me dirigió. Aunque sé que eso es exagerar demasiado.

Cuando he salido de detrás de la cortina en el otro lado del pasillo, ahí seguían los dos. Estoy casi seguro de que son maderos. No tengo pruebas, pero tienen toda la pinta. Están algo musculados, y aunque van vestidos de calle parece que lleven uniforme: traje pantalón oscuro la mujer y americana marrón con vaqueros el hombre. Ella es morena y lleva el pelo recogido en una coleta alta y él tiene unas entradas que intenta disimular dejándose el pelo largo por detrás. No hay nada en ellos que llame la atención, son grises. Y aunque sé que eso no quiere decir nada, yo los huelo.

He pasado por su lado y les he dado los buenos días, porque si de algo estoy seguro, y no siempre en mi vida he podido hacer esta afirmación, es de que no estoy haciendo nada que sea ilegal. Se han quedado descolocados, o al menos me lo ha parecido. Me sorprende que Avellanas sea de los otros, porque normalmente los olores que se me meten por la nariz son los de gente que por un motivo u otro me acaba cayendo bien. Es como si mis ondas conectasen con las de la otra persona y se pusiesen a bailar. Y no estoy hablando de nada romántico.

Llevo a la parejita detrás. Tampoco han disimulado mucho. Supongo que cuando los he saludado han pensado que ya no hacía falta fingir tanto. Las puntas de los dedos me queman mientras aprieto el acelerador y los bocinazos de los coches a los que adelanto se me meten en la cabeza y me dejan sordo.

Hace rato que no los veo —quizá solo querían hacer como los perros: marcar el territorio—, así que me paro en el primer bar que encuentro y aparco la moto al lado de la salida de emergencia. El tipo que está detrás de la barra me mira con cara impasible mientras seca los vasos de tubo. Cuando me trae el bocata y la cola que me he pedido a la mesa que está más alejada de la puerta, le pago la cuenta y le dejo una buena propina.

Amigo mío:

Si estás leyendo esto es que otra vez lo has conseguido. Veo que tus habilidades han mejorado con los años. No pongas esa cara, Jero, que un poquito de humor hace la vida más interesante.

No sé si recordarás aquel día en que los telediarios abrieron con la noticia de que la policía había decidido renunciar a la liberación de ocho rehenes, descendientes de padres y madres sin pedigrí, a cambio de que soltásemos a la reina de corazones, Alison Parker, la hija del embajador británico. Ni mucho menos era culpa de ella, aunque algunos de sus compañeros no lo entendieron así. Alison solo era la víctima de que al CNI le empezaran a sonar las monedas de Judas en el bolsillo.

Ese día pasaron muchas cosas, porque cuando estás en una situación límite, cada minuto es una eternidad en la que caben un montón de historias.

La posibilidad de escuchar todo lo que decía el subinspector Ángel Rubio, nuestro caballo de Troya, nos daba una ventaja importantísima, pero también tengo que reconocer que algunas confesiones me daban un poco de pudor. Porque las personas estamos llenas de recovecos y secretos que nos avergonzaría dejar al alcance de cualquiera. El amor que el subinspector sentía por Raquel o el relato de la aventura que tuvieron podría habérmelos ahorrado. Aun así, lo que más me sorprendió fue conocer de primera mano los pocos reparos que la inspectora pondría a tener una relación sexual conmigo. Creo que ya te imaginarás lo tímido que siempre he sido con las mujeres.

Mil euros. Esa es la cantidad que a punto estuvo de enviarlo todo al traste. Porque ese dinero, en muchos países del mundo, marca la diferencia entre que una familia sobreviva o no. Y Helsinki decidió que era más importante quedarse los mil euros que yo le había dado y salvar a los suyos que hacer chatarra el Seat Ibiza que podría conducir a la policía directamente hasta mí y acabar con todo el plan. Nunca he estado tan cerca de terminar reducido a una de aquellas balas de papel de plata que fabricábamos en el hospital con el envoltorio del chocolate que en el desguace al que fui para intentar enmendar el error. Porque el vigilante con el que me encontré no sabía de puntos medios.

También tuve unas palabras con Berlín. Berlín… Él siempre enseñándome el límite de las cosas, recordándome que no podemos ser víctimas y verdugos a la vez. Pero creo que tenía razón, aunque duela reconocerlo. Yo era un idealista que aspiraba a parecer un buen tipo mientras a ellos les llenaba los bolsillos de armas y explosivos para reventar el edificio si hacía falta. Y aunque no era exactamente así, era lógico que lo pensasen. Porque todo depende del lado desde el que se mire. Y aunque resultó que me equivoqué, por una vez fui el hombre duro que siempre me pidió que fuese.

Si tuviésemos un reloj que nos permitiese volver atrás en el tiempo, enmendaríamos nuestros errores. Pero no lo tenemos.

Sergio

P. D.: Espero que hayas disfrutado en la librería. El próximo reto se encuentra en un lugar que estoy seguro de que te encantará, pero para saber cuál es primero tienes que abrir la caja que te he dejado en el libro. Tú puedes.

Si yo tuviese ese reloj del que habla Sergio y pudiese dar marcha atrás a las manecillas, solo volvería a un instante. Al momento en que mi hermano Fiti se subió de paquete en mi moto sin casco. Solo a ese, los demás los asumo con deportividad.

El camarero del bar es de la antigua escuela: mira pero no ve, oye pero no escucha y ficha tu careto pero lo olvidará al segundo si alguien pregunta. Un buen tipo. Así que saco del petate las fotos, la pajarita y la caja metálica que había en el libro. Aparte de nosotros dos, no hay nadie más que pueda sorprenderse al ver a un tipo como yo haciendo una cosa como esta, mientras sujeta en la mano una pajarita perfecta.

p. 179

Lo único bueno que me enseñó mi padre fue a hacer pajaritas de papel preciosas y perfectas. Yo le enseñé la técnica a Sergio, aunque eso ya lo he dicho. Cuando desmantelaron el almacén desde donde se había dirigido el atraco a la Fábrica de Moneda y Timbre y enfocaron la pajarita que alguien había hecho con un billete de cincuenta euros y dejado encima de la mesa, intuí que ese era un mensaje que iba dirigido a mí. Así que me aparté del camino suicida y me puse a hacer lo que mejor sé hacer: esperar. Esperar a que algo o alguien me rescatara de la persona en quien me he convertido. Y por una vez mi destino se alió con mi instinto.

Mi abuela siempre me decía que llevaba la tristeza dibujada en los ojos aunque mi sonrisa ladeada se empeñase en llevarme la contraria.

No quiero pensar en ellos. Ahora se trata de abrir la puñetera caja.

Descifra el enigma para saber por dónde continuar.

Si lo necesitas, puedes consultar las pistas de la p. 143.

Escribe aquí la respuesta para recordarla más adelante.

JERO RESUELVE EL ENIGMA DEL GARAJE

Es un número de teléfono. He podido deducirlo usando el número del códice y la fórmula de la posdata de la carta que cayó en manos de la policía. Pero no son horas de llamar a nadie. La pierna me duele horrores del frío y de tantas horas como he estado quieto.

Me meto a tomarme un café en el primer bar que encuentro, y desde la barra le mando un wasap a Pilar. Solo ella puede ayudarme y sé que madruga. Cuando vuelvo a mirar el móvil, veo que tiene las marcas azules pero no me contesta. Lo raro sería que lo hiciese. Ni siquiera los corazones que le he puesto la ablandan, y eso que ella sabe cómo odio los emoticonos.

La primera vez que salí huyendo de Pilar lo hice para no enamorarme. Un verano en Ibiza a todo gas y volví con la coraza intacta. Pero es difícil resistirse a alguien que te quiere tanto y tan bien.

La segunda vez que salí corriendo me instalé en Aranda de Duero y monté mi taller de motos. Desde entonces hemos mantenido una relación a cachos, como dice ella. La he querido todo lo que he podido. Yo sé que con esas migajas ella no tiene ni por dónde empezar, pero no se acaba de creer que no hay nada dentro de mí donde poder rascar un poco más.

Espero.

Ya son casi las nueve. Le pregunto al chico que hay detrás de la barra si tienen teléfono público, y con un gesto me señala uno que está al lado de los servicios.

Marco el número que he descubierto. Una voz metálica me contesta que en un apartado de correos me espera una carta, así que pago el café al camarero y me pongo en marcha. Antes de una hora ya la estoy leyendo.

> *Tú me conoces, Jero.*
> *Nunca he eludido la responsabilidad de mis actos y asumo las consecuencias que se puedan derivar de ellos. Pero hay cosas que a uno le habría gustado no tener que digerir.*

Creo que cualquiera que esté encerrado contra su voluntad tiene como obligación intentar huir, como tú y yo hicimos. Probarlo al menos. Eso también estaba previsto en la fábrica. Lo que no estaba previsto es que a Oslo se le escapase la vida por la grieta que alguien dibujó en su cabeza con una barra de hierro.

Dicen que en los peores momentos es cuando las personas se crecen, y el grupo lo hizo. Puso toda la artillería en juego y consiguió tapar la entrada que habían abierto los fugados. Aunque fue mucho más difícil cerrar el hueco que les quedó justo en el centro del ánimo. Y yo, viéndolo todo por las cámaras y tratando de acallar mi impotencia contra el saco de boxeo.

¿Sabías que solo un sorbo de café me separó de ser un asesino? Sí, porque creía que esa era la única salida que me quedaba cuando la madre de Raquel escuchó un mensaje que no debía oír y se enteró de que el subinspector Ángel Rubio me había identificado como el tipo más buscado por la policía. Estuve a punto de matarla, Jero. Pero no pude. Hacen falta muchos arrestos para acabar con alguien cuyo único pecado ha sido tener la mala fortuna de cruzarse contigo y que, además, es la madre de quien te gustaría que hubiese sido tu novia de haberla conocido en otras circunstancias. Mi suerte quiso que la señora no recordase nada. Amnesia a corto plazo: su memoria se iba borrando como se borra la tiza de una pizarra.

Para cuando Raquel llegó a casa, su madre ya me había felicitado por haberle hecho el amor a su hija. Y yo me comí su sopa y sus natillas como si fuese el buen yerno que me hubiese gustado ser.

Las cosas cada vez estaban más tensas en el interior de la fábrica y también fuera, y aunque doy mi palabra de que jamás los dejaré a su suerte, ellos a veces se sintieron solos. Y se iban a sentir mucho más solos con lo que estaba por venir. Raquel era muy rápida, y lo que cualquiera hubiese tardado días en deducir ella lo hacía en horas.

Así que en un abrir y cerrar de ojos me vi delante de la casa de Toledo rodeado de policías que hurgaban entre los restos que quedan encima de una mesa después de un banquete. No solo me vi yo; ellos, los míos, también me vieron.

Pero basta por ahora. Sigue tu destino, Jero.

Sergio

P. D.: Por cierto, leído del revés, ¿te recuerda a algo el número de teléfono al que has llamado? Si lo recuerdas, sabrás adónde tienes que ir.

¡Es impresionante! Pues claro que sé lo que es. Nuestro código secreto, la referencia del calidoscopio que compramos la tarde en que fuimos con Carolina al centro. Lo memorizamos y le inventamos música para no olvidarlo. Nos servía para cifrar los mensajes secretos que nos enviábamos de cama a cama.

Creo que lo que Sergio me está diciendo es que la próxima pista está en la juguetería donde lo compramos.

Echo de menos la moto. Pero no puedo ir al motel, y Pilar, que es la única persona en la que confío para conducirla, pasa de mí, de modo que cruzo la calle y me uno a los que aguardan el bus, una multitud a esta hora. Caras de sueño resignadas a que el día pase lo antes posible mientras la vida se va escurriendo por las cloacas.

Juraría que el abuelo que está sentado en la entrada de la juguetería es el mismo que había cuando nosotros vinimos hace treinta años. Ya era viejo entonces. Parece un muñeco de cartón de esos que se ponen en la entrada de los teatros. Lleva un pitillo en los labios y un mechero en la mano como llevaba entonces, solo que ahora el pitillo está apagado y el temblor de sus manos no le permitiría prenderlo.

Un tipo con chupa de cuero siempre está fuera de lugar en una juguetería, aunque lo parece todavía más si se queda quieto en el umbral de la puerta, mirando a su alrededor y sin decidirse a dar un paso. Pero es que no sé si estoy en el sitio adecuado, y si lo estoy, no sé qué tengo que buscar.

—¿Puedo ayudarlo en algo? —me pregunta una chica con las uñas pintadas una de cada color.

Le digo que no.

Giro sobre los talones y al salir le doy los buenos días al abuelo, y en correspondencia él me enseña una boca sin dientes. Encima de su cabeza hay una vitrina con juguetes puestos de cualquier manera. Y en medio de todos ellos, una caja de música de madera decorada con pajaritas rojas.

Me ha costado que la chica de las uñas de colores me la vendiese, porque en aquella vitrina se guardan los juguetes que están estropeados. No ha entendido que de los sesenta y tres modelos diferentes que funcionan correctamente yo haya preferido esa caja. Cuando iba a cobrarme, el abuelo le ha hecho un gesto y ella me ha dicho de mala gana que ya estaba pagada. Debe de ir a comisión. Forma parte del grupo del autobús, de los que están deseando que llegue la noche.

Me instalo en un lugar discreto de los jardines del Museo Chillida. Abro la caja de música, que permanece muda. Con un destornillador pequeño que he comprado de camino, la desmonto con mucho cuidado. Estoy muy acostumbrado a trabajar con las manos, así que doy las gracias porque son habilidosas.

Llevo cinco minutos mirando una foto, una figurita de papel y un calidoscopio cerrado con un candado diminuto. Al lado, *La vie en rose* suena en la caja de música. Para resolver este enigma voy a tener que comprarme unas gafas de esas de ver de cerca.

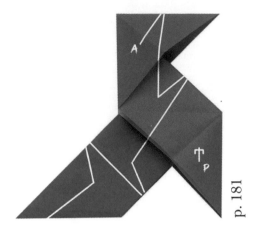

p. 181

La contestación de Pilar es muy clara: «👊👊👊👊». Sería una pena que tuviésemos que acabar así, con dibujos que de animados no tienen nada. No es únicamente por la moto por lo que quiero verla. Pilar se merece que dé la cara, pero no tengo ningún argumento claro para explicarle el silencio de los últimos meses. Me encantaría poder acurrucarme a su lado y dormirme a su calor por última vez. Pilar huele a limpio, a las sábanas que colgaban en las cuerdas del cortijo extremeño donde vivía la abuela y donde yo me perdía cuando aún no sabía lo que quería decir estar enfermo. Me encantaría poder amar a esa mujer como ella se merece, como ama la gente corriente, con parsimonia y sin grandes estruendos.

Miro detenidamente el candado diminuto del calidoscopio otra vez. Cuando vuelvo a levantar la cabeza, tengo la sensación de que el tipo que está al otro lado del jardín no me quita la vista de encima. El sol me da en los ojos y no distingo bien sus facciones, aunque me pregunto si él también llevará mocasines.

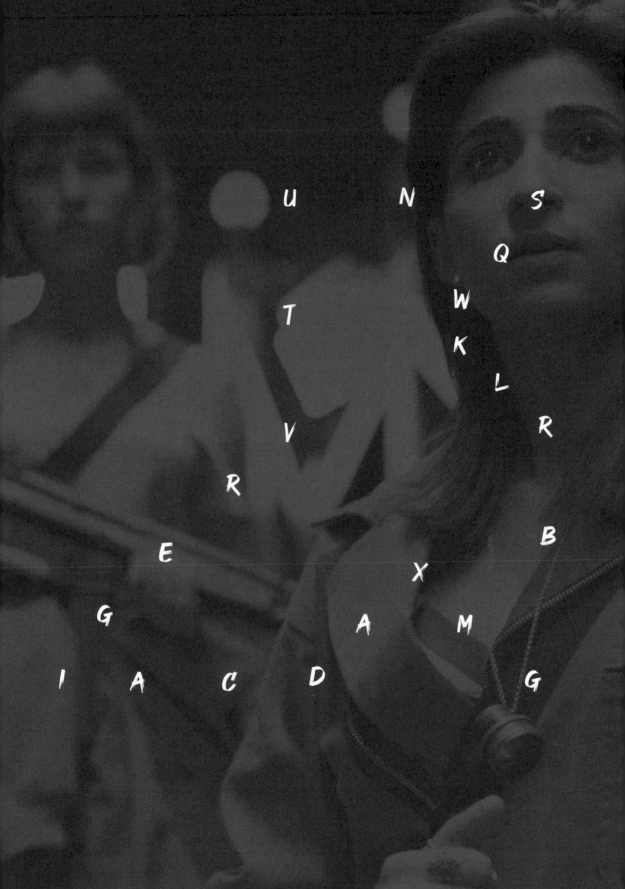

Descifra el enigma para saber por dónde continuar.

Si lo necesitas, puedes consultar las pistas de la p. 145.

Escribe aquí la respuesta para recordarla más adelante.

JERO RESUELVE EL ENIGMA
DEL JOYERO

Estoy empezando a pensar que a Sergio le gustan las muñecas rusas, esas que van una dentro de otra. Dentro del joyero con cierre de combinación había otra carta, otra pajarita y otra foto. Además de un segundo joyero, más pequeño, cerrado con candado. Cada vez que me enfrento a un enigma nuevo me pregunto si será el último. Supongo que son sus cartas las que me dan la medida de cuánto queda por delante. Y me da miedo que su silencio me vuelva a acompañar durante un montón de años más.

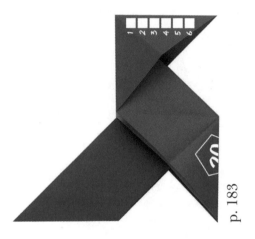

p. 183

Lo que he vivido en estos pocos días ya me ha valido la pena. Sin embargo, no pierdo de vista que al final del recorrido me espera la posibilidad de poder inventarme de arriba abajo. Diez millones de euros dan para todo y para nada. Lanzaré un dardo al mapamundi que hay en la habitación que fue de Fiti y mía y me iré allí: «Que la vida nos lleve adonde va la flecha», decía siempre Sergio. Pero se pasaba horas entrenándose la puntería en la diana que había en la sala de juegos, no fuese que la flecha lo llevase a un sitio donde hiciese frío.

La casa de Alejandra no está excesivamente ordenada pero sí limpia. Es pequeña, luminosa y muy acogedora: comedor-cocina-salón todo junto, aparte de un baño con ducha. Los cuadros no están colgados y se apoyan directamente en la pared. Es posible que le guste ir cambiándolos de lugar cada poco.

Alejandra tiene muchos amigos, le gusta ir a la montaña y es alegre. O al menos eso es lo que se deduce del montón de fotos que empapelan una de las paredes. También sé que usa cepillo eléctrico para los dientes y que en el frigorífico hay una ensalada, yogures, queso y tres huevos. Y me pregunto cuándo fue la última vez que alguien le llevó el desayuno a la cama.

Es demasiado pronto para bajar a comprar, justo está empezando a amanecer. Alejandra continúa durmiendo y este silencio acompaña.

Amigo mío:

A veces aquello que siempre hemos pensado que no nos estaba reservado aparece en cualquier rincón en el momento más imprevisto e inoportuno. Y sí, Jero, estoy hablando de amor. No me pondré cursi. No, no haré eso. Pero ya es mala suerte que la mujer con la que te gustaría pasar el resto de tu vida, porque jamás te has sentido tan vivo, sea la persona que si todo sale mal te llevará a la cárcel para siempre. Lo pensé todo con detalle, sumé, resté, multipliqué y dividí. Pero jamás conté con que me enamoraría de Raquel de esa forma.

Cumplimos con nuestra palabra y soltamos a los rehenes que no quisieron asociarse con un grupo de desgraciados como nosotros, pero lo hicimos a nuestra manera: bajo los focos de las cámaras de televisión. Berlín, el mejor maestro de ceremonias que uno puede tener, no solo supo limpiar su reputación, sino que además consiguió que la simpatía que nos tenían fuera subiese como la espuma de una cerveza mal tirada. Porque nosotros éramos los que jugábamos la final del Mundial de fútbol sin zapatos, sin agua y sin pelota. Y si algo le gusta a todo el mundo es ir con los débiles, con los que no tienen ninguna posibilidad; sobre todo si, contra todo pronóstico, ganan a Goliat.

Tenía razón Berlín cuando me dijo que la media vida que pasé en el hospital me tenía que servir para saber cómo entrar en uno, aunque estuviese tomado por la policía. Debía comprobar de primera mano si el subinspector Ángel Rubio se había despertado o si todo era un bulo para ponernos nerviosos. Porque si era cierto, unas pocas palabras nos separaban del final. Las que necesitase para decir que Salvador Martín era Sergio Marquina. Yo mismo.

Y aunque quizá no fue políticamente correcto, un payaso con un osito de peluche desbocó la caballería y se infiltró en el corazón de las filas enemigas.

Es importante saber renunciar y empequeñecer la meta si eso va a servir para salvar la vida, la propia y la de los tuyos. Y eso es lo que hice.

Tokio estaba a punto de ingresar en la cárcel y solo había una esperanza: yo. A Denver lo salvaba una mujer que acababa de pasarse al lado en el que unas pocas horas antes ni siquiera se hubiese imaginado estar y yo soñaba con poder huir con Raquel a una isla de Filipinas. Pero como ya sabes, lo normal es que las cosas no salgan como uno espera. Aunque yo sea un optimista impenitente y me empeñe con una tozudez que bordea la obsesión en cambiar las normas.

Sergio

P. D.: Todavía no te voy a decir cuál es tu próximo destino. Quiero que saborees el misterio.

Sergio tiene razón: los sueños a menudo se convierten en pesadillas. Al menos los míos. Cuando he bajado a buscar el desayuno, había un Mini verde de alquiler aparcado en la acera de enfrente. La etiqueta del *rent-a-car* era demasiado grande para un coche tan pequeño.

Cuando he vuelto, la puerta del apartamento de Alejandra estaba entornada. En medio de la alfombra de papeles y platos rotos estaba ella rodeada de un charco de sangre. Es muy difícil localizarle el pulso a alguien que casi no tiene; eso ya lo aprendí con mi hermano pequeño tirado en una cuneta. Así que he llamado a emergencias y he esperado. La ventana de su habitación está abierta. Es un primer piso; alguien se ha descolgado por ahí hasta la acera. Justo debajo es donde estaba aparcado el Mini verde, el mismo que ahora se está perdiendo a toda prisa a lo lejos.

Está claro que no han hallado lo que buscaban porque eso lo llevo conmigo. En cuanto oigo la sirena entrando en su calle la beso en los labios, le pido que resista y me voy. Si me encuentran aquí, no me van a dejar ir.

Esta historia que hasta ahora era un juego se ha desbocado y ya no tiene control. Debo desaparecer. Pero ¿hacia dónde?

Descifra el enigma para saber por dónde continuar.

Si lo necesitas, puedes consultar las pistas de la p. 147.

Escribe aquí la respuesta para recordarla más adelante.

JERO RESUELVE EL ENIGMA
DE LA MALETA

Un guardamuebles cerca del aeropuerto es el próximo destino, o al menos esa es la indicación que venía dentro de la maleta. Se trata de un conjunto de naves, todas iguales y cerradas con una persiana azul eléctrico que se abre con un código. Espero que sea el que aparecía junto a la dirección que he encontrado en la maleta. Las calles tienen nombre de picos montañosos. Esto es un pequeño submundo donde la gente guarda aquello que no puede cargar pero tampoco quiere perder. O no. Vete a saber lo que cada uno mete en esos lugares.

Cuando mi madre murió quemé todas sus cosas, y también las de Fiti. Las de mi padre ya se encargó de tirarlas ella a la basura antes de que el cuerpo del viejo se enfriase, tantas eran las ganas que tenía de olvidarlo la pobre mujer. Deshacerme de los recuerdos fue una liberación, porque siempre he sido muy propenso a querer olvidar y no poder.

Cuando meto el código y abro el box, todo está impoluto. En medio, una enorme caja fuerte casi tan alta como yo. Encima de esta, una pajarita. Y en la silla que hay delante de la caja, una foto y una carta.

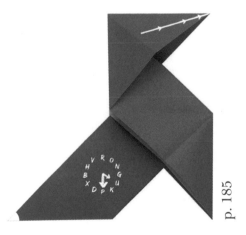

p. 185

Ni siquiera he tenido tiempo de volverme cuando noto el cañón de una pistola apoyado en la cabeza. Mocasines se ha equivocado conmigo. No es la primera vez que pienso que la muerte sería un alivio. Aunque últimamente he creído que mi suerte estaba cambiando, ha aparecido este para joderlo todo y recordarme que Jero Lamarca nació con mala estrella.

Tampoco va a dispararme, porque él lo que quiere es el dinero y sin mí no va a lograrlo. Este juego solo podemos jugarlo Sergio y yo. Lo último que pienso antes de agarrar la silla, darme la vuelta y atizarle con todas mis fuerzas es en la cara de Alejandra tirada en el suelo en medio de un charco de sangre.

Han pasado unos segundos hasta que he entendido lo que sucedía. Su cuerpo ha salido rebotado contra la pared. Lo siguiente, al menos a mí, me ha parecido que pasaba a cámara lenta. Cuando ha intentado levantar la pistola, su mano, lejos de subir, ha ido cayendo muy despacio. Sus ojos, cada vez más vidriosos, me miraban con sorpresa. Hasta que no he visto cómo goteaba la sangre en el suelo no he sido consciente de lo que estaba ocurriendo. Tiene clavado en la nuca el gancho de hierro que había en la pared a modo de perchero. Ahora está muerto.

Ha sido un accidente, pero eso nadie se lo va a creer. Esta no es la primera muerte que cargo en mi conciencia, y desde luego tampoco va a ser la más pesada. Como dice Sergio, hay cosas que uno no puede evitar. Así que tengo que salir de aquí ya, lo antes posible.

El primer instinto ha sido correr, dejarlo todo y huir. Pero a lo largo de los años he aprendido que las decisiones que se toman desde el miedo no suelen ser las mejores. Así que he respirado, he mirado la caja fuerte y me he dicho que, si he llegado hasta aquí, tengo que intentarlo. Ya queda poco, el mismo Sergio me lo ha avisado. Además, tengo que reconocer que durante este viaje la codicia se me ha ido metiendo poco a poco en el petate.

Bajo la persiana del box y me quedo dentro. Un último esfuerzo y acabo. Si me concentro, lo conseguiré. Los mocasines del tipo sin nombre están en perfecto orden de revisión. Voy a leer la carta de mi amigo, a ver si sus palabras son capaces de darme el sosiego que necesito para llegar al final.

Querido Jero:

No hace falta que te cuente el final de esta historia: las historias nunca acaban del todo realmente, sobre todo cuando lo que perdemos por el camino nos pesa tanto y es tan irremplazable.

Los matices, la comprensión de la diferencia que hay entre lo que es legal y lo que es justo, al final nos permitieron escapar. Todos lo arriesgamos todo. Saber si ganamos o perdimos, si valió la pena o no, eso nos corresponde valorarlo a cada uno de nosotros. Todavía tengo la cicatriz que la rabia de Raquel dejó sobre mi piel. No estaba previsto que me enamorase. Ella, Raquel, fue mi sorpresa, mi improvisación, la dama que se metió en mi partida de ajedrez y convirtió en una nimiedad cualquier jaque mate.

Pero ya sabes que, cuando uno quiere algo de verdad, tiene que desearlo con todas sus fuerzas. Eso es lo que hicimos tú y yo para sobrevivir en aquel hospital, y eso es lo que tenemos que continuar haciendo para estar aquí.

En todo caso, quiero que sepas que ahora, dentro de muy poco, si tú quieres, empieza todo.

Con todo mi afecto,

Sergio

Doblo la carta y la guardo junto al resto de las cosas.

Aún me pregunto cómo me han encontrado. Son casi las seis de la mañana. Justo cuando miro la hora caigo en la cuenta de que posiblemente me pusieron el localizador en el reloj. Cojo la foto del suelo, la pajarita y el códice, y me pongo a ello. Tengo que irme de aquí cagando leches.

NUIOLEAMBLAIOTAO

Descifra el enigma para saber por dónde continuar.

Si lo necesitas, puedes consultar las pistas de la p. 149.

Escribe aquí la respuesta para recordarla más adelante.

JERO RESUELVE EL ENIGMA DEL AEROPUERTO

Todo el mundo sabe que la banda de atracadores liderada por Sergio Marquina, más conocido como «el Profesor», consiguió huir. Ese día, en muchos hogares humildes del país al que ya no podré volver, se brindó con las copas buenas que se guardan para las grandes ocasiones. Porque aquella lo era: lo habían logrado.

Dentro de la taquilla 125 había un billete de avión y un número de cuenta corriente. Cuando la azafata me pregunta si voy a facturar equipaje le digo que no, que todo lo que tengo lo llevo puesto. Me sonríe mientras me tiende la tarjeta de embarque, me desea un buen vuelo y me llama por mi nuevo apellido.

Jero Lamarca ha dejado de existir.

Cuando salgo del banco sé que mi suerte ha cambiado.

La ciudad en la que estoy no es un mal lugar para quedarme, como mínimo es un punto de partida, aunque no sé qué voy a hacer en los próximos años.

Involucrarme en el juego que Sergio inventó para mí me ha reconciliado conmigo mismo, porque mi mejor versión se encierra en el niño que, por extraño que parezca, fue feliz en el hospital. Y no está mal que eso lo diga un hombre al que le amputaron una pierna en aquel lugar.

Me tomo un café sentado en la terraza de un bar de una calle céntrica, cuyo idioma ya empieza a dejar de sonarme raro. No me escondo de nadie, solo a ratos de mí mismo. Dejo que el sol se meta por cada uno de los poros de mi piel. Da gusto sentir otra vez calor por dentro.

He leído que encontraron el cadáver del subinspector Gutiérrez (para mí, Mocasines) en un vertedero. El artículo lo achacaba a un ajuste de cuentas; decía que estaba infiltrado en un cártel y que se lo habían cargado. Por qué Avellanas hizo eso es algo que ni sé ni me importa. Supongo que el cupo de corruptos estaba empezando a derramar el vaso. Yo sé lo que pasó y cargo con ello en mi conciencia.

Ahora haré lo que hago cada día. Buscaré una cabina, meteré una moneda y marcaré un número que ya me sé de memoria. Pediré que me pasen con la habitación 306, y estoy seguro de que un día de estos me dirán que a Alejandra ya le han dado el alta. Entonces sentiré que por fin puedo dormir otra vez por la noche.

EPÍLOGO

Un hombre todavía joven se baja en la parada de metro de Callao. Lleva una gabardina clara y arrastra una maleta pequeña. Sea lo que sea que va a hacer, no va a quedarse allí muchos días. Cojea levemente al andar, pero camina como alguien que sabe adónde va.

Visto de cerca se parece a un tipo que un día se llamó Jero Lamarca, pero ese no es el nombre que figura en su pasaporte. Aunque ya sabemos que las apariencias a menudo engañan. Además, hace casi dos años que el tal Jero desapareció de la faz de la tierra.

En todo caso, él sabe perfectamente hacia dónde se dirige. Va a alquilar un coche que lo lleve a una calle cualquiera de una ciudad de provincias cualquiera. Entrará en un bar que solo se llama Bar y pondrá una canción en la máquina de música. Después aullará como aúllan los hombres lobo. Y, si todo va bien, se llevará a la chica. Como decía un amigo suyo, siempre queda una última vez para todo.

Debe de ir pensando en todo eso mientras sube las escaleras del metro. Al salir de la estación, la gente que hay en la plaza del Callao mira hacia arriba, mientras un enorme zepelín sobrevuela los edificios. Cuando se abren sus entrañas, una lluvia anaranjada de ciento cuarenta millones de euros comienza a caer sobre sus cabezas. Todo el mundo sabe quién está multiplicando los panes y los peces. El mono rojo con careta de Dalí sobreimpresionado en los laterales del dirigible no deja espacio a la duda.

El hombre que se parece a Jero Lamarca sonríe de oreja a oreja. Sabe que el Profesor la ha vuelto a liar.

FIN

JERO RESUELVE EL ENIGMA DEL RESTAURANTE

Viene de la p. 120.

He dado el número de la reserva que se ocultaba en el enigma. Ha funcionado.

Cuando veo mi abrigo rojo vino colgado en el guardarropa del restaurante me doy cuenta de que ese color no es el más adecuado para pasar desapercibido. El encargado me da la ficha correspondiente.

—Parece que es su día de suerte, señor —me dice.

El número que me ha tocado es capicúa.

Es un hombre obeso y con unas buenas entradas, pero hay algo en su sonrisa de dientes postizos que me resulta familiar.

El menú degustación consta de quince platos más postres. Me va a llevar toda la noche. No tengo ni puñetera idea de qué debo buscar. Siempre he sido un glotón, así que, de momento, voy a comer.

Cuando veo su cara reflejada en el cristal de la ventana que tengo delante me levanto como un resorte: el poli que me viene siguiendo los pasos con sus putos mocasines está ahora mismo en la puerta del comedor. Al pobre camarero que tenía detrás se le ha caído todo al suelo. Y mientras se esfuerza en limpiarme la solapa de la americana me pregunto cómo consiguen ir detrás de mí. Es obvio que no eran ni la moto ni el móvil. En todo caso, me da igual, hasta aquí hemos llegado. Esto lo arreglo yo a mi manera.

Cuando consigo salir al pasillo, Mocasines ha desaparecido, pero no debe de andar muy lejos. Me dan igual los diez millones, el juego y los sueños que he ido tejiendo en las últimas noches de insomnio. Estoy convencido de que ese tipo envió a alguien para abrirle la cabeza a Alejandra. Me siguió hasta el planetario y, cuando vio que había descubierto su coche, mandó uno alquilado a la puerta de la casa de la chica con la que, curiosamente, estaba pasando la noche. Lo voy a matar, y después podrán meterme en la cárcel si quieren.

El tipo del guardarropa me cierra el paso con las manos. Me saca como mínimo dos cabezas.

—Lamarca —me dice—, tengo una cosa para ti.

Y entonces le veo el dedo meñique torcido. Es muy perturbador lo que los años y los kilos pueden llegar a hacer con nosotros. Me gustaría abrazarlo, pero no me sale. Tengo la sangre encendida porque, antes de entregarme a los sentimentalismos, he de matar a alguien. Ramírez lo debe de leer en mi mirada.

—No seas capullo. Sergio me dejó algo para ti y ya queda muy poco. A todo cerdo le llega su San Martín. —Y señala con el meñique la puerta donde debe de estar vigilante Mocasines.

Luego me lleva hasta una habitación con un letrero de PRIVADO, me da una maleta cerrada con candado y un sobre que contiene una pajarita, una foto y una carta. Cuando sale, oigo cómo echa la llave. Me ha dejado encerrado aquí dentro. Estoy atrapado.

p. 187

Según mi reloj, han pasado casi cuatro horas y cuarto desde que Ramírez me recluyó en este despacho, y entonces oigo cómo la puerta se abre. Tiempo suficiente para tener dudas razonables sobre si Sergio no se habría equivocado confiando en el bruto que le soltaba sopapos.

Además, no puedo abrir la maleta porque tengo el códice en el bolsillo del abrigo que está en el guardarropa. Las peores pesadillas pasan por mi cabeza. ¡Cómo he podido ser tan imbécil!

Pero cuando veo entrar a Ramírez con mi abrigo rojo vino en la mano y me explica que tenía que esperar a que fuese seguro salir de ahí, me doy cuenta de que es uno de los muchos duros a los que la vida ha domado, seguramente a fuerza de golpes.

En estas horas he tenido tiempo de aprenderme casi de memoria la carta de Sergio.

Amigo Jero:

¿Has disfrutado de la cena? Espero que sí. Apuesto a que he conseguido sorprenderte. Por extraño que te parezca, nunca perdí del todo el contacto con Ramírez.

Le di la pistola y la espalda a Raquel, por este orden. Si me quería detener tendría que matarme, porque entregarme o dejar a los míos en aquel agujero nunca sería una posibilidad, y eso estaba claro. Sabía lo que hacía y acepté el precio, como lo aceptamos todos, cada uno a nuestra manera. Deseaba que Raquel entendiese que la quería y que quería ser honesto con ella. Sí, ya sé que no es la forma habitual en que un hombre se declara a una mujer.

Hundí la reputación de la inspectora y a la vez la posibilidad de tener una persona razonable con quien negociar al otro lado del teléfono. Y la vida de un hombre que había depositado su confianza en mí estaba pendiendo de un hilo demasiado débil como para aguantar el peso. En la punta del pico con que golpeábamos la pared para abrir el túnel y sacarlo se encerraba toda nuestra dignidad. Luchar hasta el final. Ese era el lema. Y hacerlo juntos, con nuestros aciertos y nuestros errores.

Pero no estábamos solos. Eso lo supimos después. Si el objetivo era que la gente estuviese de nuestro lado, lo conseguimos. Mientras la policía peinaba todo mi barrio, un montón de personas anónimas les impedían la entrada a sus casas porque no querían que nos pillasen. Eso demuestra algo: que valió la pena hacer lo que hicimos. Solo espero poder corresponder alguna vez a tanta generosidad.

Sabíamos que de un momento a otro la policía podía llegar, pero lejos de quedarnos con los brazos cruzados, picamos más fuerte.

Lloré, Jero, lloré mucho ese día. Pero, como decía Moscú, hay que seguir pa'lante sin retrovisores.

Sergio

P. D.: No te rindas, que ya queda poco. ¿Has encontrado dentro de la maleta la dirección y el código de acceso al guardamuebles?

Pues no, Sergio, no lo he encontrado, maldita sea. Tu amigo es tan imbécil que ha dejado el códice en el abrigo. Le pido a Ramírez que espere un momento fuera. Necesito estar solo para concentrarme. Y el bueno de Ramírez, al que le tenía tanto miedo cuando era pequeño, obedece sin rechistar.

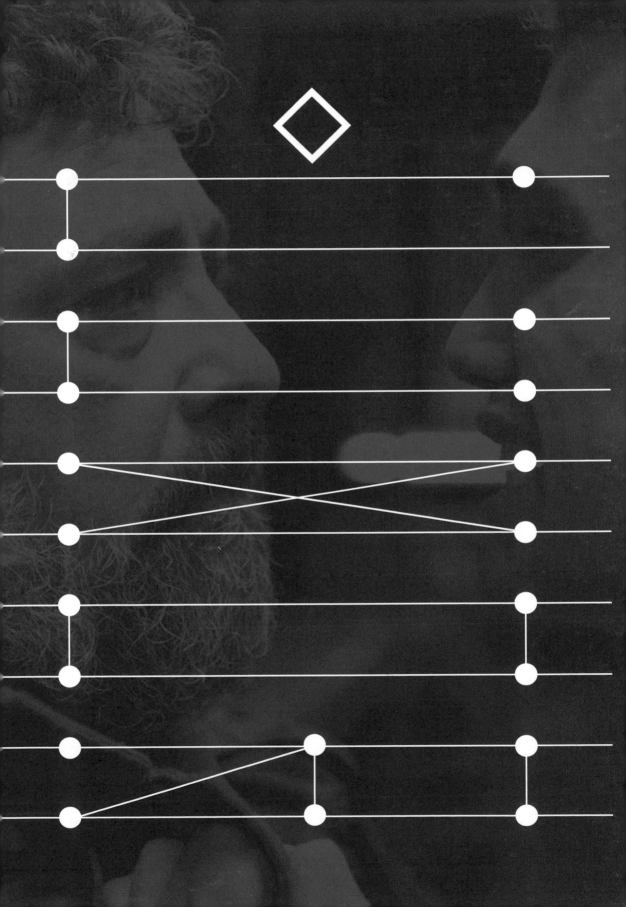

Descifra el enigma para saber por dónde continuar.

Si lo necesitas, puedes consultar las pistas de la p. 151.

Escribe aquí la respuesta para recordarla más adelante.

JERO RESUELVE EL ENIGMA
DEL PLANETARIO

Dentro de la taquilla, una pajarita y una dirección. Mi próximo destino está en una calle cualquiera de una ciudad cualquiera a cincuenta kilómetros de San Sebastián. La autopista está llena, así que es difícil saber si me están siguiendo.

En el aparcamiento del planetario he visto un Renault Clio gris con el faro delantero roto. No estaba el anorak azul con raya amarilla, pero estoy seguro de que ese es el coche particular de Mocasines. Empiezo a pensar que él sí creyó mi historia del juego y los diez millones. Y si no, me va a seguir por si al final es cierto que hay un pastel y él se puede comer un cacho. Le he rayado el coche de punta a punta con la llave de la moto. Quiero que sepa que me he dado cuenta de que me sigue.

Cuando todo esto acabe, si es que acaba, tendré que desaparecer. Justo como ha hecho Sergio. Él ha dedicado más de la mitad de su vida a hacer realidad el plan que ideó su padre. Recuerdo perfectamente la noche en que me contó que esa tarde su viejo le había explicado que el dinero se fabricaba en una máquina que iba imprimiendo billetes y billetes a mansalva. Y, aunque la luz estaba apagada, pude intuir que sus ojos estaban abiertos de par en par.

He llegado. El que montó el negocio no se rompió demasiado la cabeza. El local se llama Bar. A mi amigo siempre le han gustado las cosas que tienen un punto surrealista. Pero esta es la dirección exacta que he encontrado dentro de la taquilla 35, junto a la pajarita de papel. Lo que no sé es qué hago yo aquí.

No me lo puedo creer. Nada más abrir la puerta lo he tenido claro. Aunque decir eso, lo de que no me lo puedo creer, es no decir la verdad. Desde que empezó el juego tengo la sensación de vivir en un duermevela en el que no sé distinguir si las cosas que pasan son reales o soñadas. Los policías que me retuvieron, esos sí que eran de carne y hueso. Pero al menos uno de ellos no está seguro de que yo solo sea

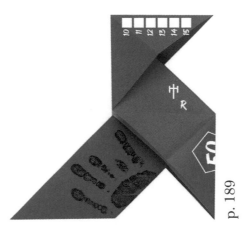

p. 189

un pobre desgraciado al que se le ha ido la olla y se inventa juegos millonarios. En todo caso, necesita asegurarse.

Sergio y yo pasamos dos navidades juntos en el hospital. Para aquellos a quienes la salud no nos permitía salir ni siquiera en esas fechas, la dirección organizaba una comida de hermandad en la que compartíamos mesa pacientes, familiares y personal del hospital. Era un ambiente raro, porque la sonrisa que la mayoría de los padres tenían en la boca estaba demasiado fija como para ser real. Carolina siempre se cambiaba los turnos para poder organizarla y estar con nosotros. Ese día, para que no se dijese que no era especial, traían de no sé dónde una máquina de música de esas de monedas que hace unos años, demasiados, había en los bares, con sus etiquetas blancas y su teclado para que pudieses escoger la canción que más molaba. Yo era el encargado de pinchar.

Y ahora, en un bar que por no tener no tiene ni nombre, allí está. ¡La fiesta ha vuelto a empezar! No sé si es la misma máquina, pero parecerse, se parece mucho.

Cuando me acerco a la barra, ya está sonando la canción que he escogido en la máquina, La Unión y su *Lobo hombre en París*, mientras el recuerdo de dos niños con pijama azul aullando encima de la cama me nubla los ojos. ¡Gracias, Sergio!

La camarera me pregunta qué quiero y yo le digo que un café solo. Me mira raro. Seguramente no está acostumbrada a que los tipos como yo tomen esas cosas. Y cómo explicarle que hace mucho ya que se acabó mi tiempo de ponerme el mundo por montera. Que ni siquiera las pocas birras que me permitía desde que murió Fiti forman parte ya de mi repertorio.

Y mientras me pregunta cómo me llamo, yo me entretengo contando los besos que le daría a ese lunar que tiene encima del labio.

Aunque he malinterpretado las señales. Cuando le digo quién soy, me mira fijamente, me hace un gesto, me lleva al almacén y me da un paquete que lleva el sello inconfundible de Sergio: papel de estraza y cuerda bramante. Es clásico hasta para eso.

Por la ventana que da a la calle no veo a nadie. La chica del lunar me deja de recuerdo el aroma a pan recién hecho que desprende su cuerpo.

Cuando deshago el lazo y desenvuelvo el papel marrón, una carta, una foto y un joyero con cierre de combinación me están esperando.

En el bar ya no se oye gritar a los licántropos.

Querido Jero:

Espero que te haya encantado la sorpresa que acompaña a esta carta. Siempre dijiste que te pasaste años pidiéndoles una jukebox a los Reyes Magos, pero sus majestades sabían que en tu casa no cabía semejante armatoste. Todavía te veo subido a la ventana y concentrado en tu muleta, que por obra y gracia de tu imaginación se convertía en guitarra eléctrica.

Me demoro en esos recuerdos para no continuar con otros menos festivos y más recientes… Acabé en comisaría, fichado. En la bandeja que me puso delante el policía deposité un DNI falsificado, las llaves del hangar desde donde se estaba dirigiendo el atraco a la Fábrica de Moneda y Timbre y un frasco de veneno con el que había estado a punto de asesinar a la madre de la inspectora. Todo eso es lo que llevaba en el bolsillo del pantalón. Pero también dejé la esperanza de no pisar nunca un lugar como ese. ¿Mi delito? Haber dejado inconsciente al exmarido de Raquel. Debo confesar que, pese a que ella creyó que era su caballero vengador, lo cierto es que lo hice por motivos mucho más egoístas. Aunque ayudó saber que el tipo era un verdadero hijo de puta maltratador.

Salí de esa, como hemos salido de otras muchas, con el cuerpo lleno de moratones y salvado por la campana. Pero fue difícil, sobre todo porque las horas pasaban, no podía contactar con la fábrica y sabía que estarían interrogando a Tokio mientras yo perdía los minutos en el banco de los detenidos. Tokio, seguramente porque es la más impulsiva, la que se mueve más por instinto, fue la primera en sentirse sola. Así que debía asegurarme cuanto antes de que le quedaba claro que nunca la abandonaría a su suerte, ni a ella ni a ninguno, pasase lo que pasase. Y conseguí que mi voz distorsionada se colase en la carpa y llegase hasta el epicentro mismo de sus sentimientos. Los encontré una vez y los encontraría tantas veces como hiciese falta.

No me extenderé, de sobra es conocido lo que pasó después, aunque al respecto de los detalles se han inventado muchas cosas. Cuando llegué otra vez al hangar desde el que lo controlaba todo, la policía había averiguado mi nombre real, el resto del grupo estaba a punto de ejecutar a Río y todo estaba fuera de control.

Cuando las cosas volvieron a su cauce, la fábrica se había convertido en un matriarcado.

Sergio

P. D.: Dentro del joyero no hay joyas, no te hagas ilusiones.

Regresé a la barra, sin prisa por marcharme de ese oasis en el tiempo. Harto de tanto huir hacia delante, esta noche he dejado que Alejandra, ese es su nombre, me hiciese una piel nueva con sus caricias. Sus abrazos están vacíos de reproches. A cambio, yo he depositado en mis besos una pizca de la ilusión que desde hace poco, de una manera muy débil, ha empezado a aparecer. Aunque ella no lo sepa, eso es lo único que puedo ofrecerle, porque eso es todo lo que tengo.

Alejandra todavía duerme. Encima de la mesa está el joyero esperando a que lo abra. Tengo las pajaritas, la foto y el códice.

Descifra el enigma para saber por dónde continuar.

Si lo necesitas, puedes consultar las pistas de la p. 153.

Escribe aquí la respuesta para recordarla más adelante.

JERO RESUELVE EL ENIGMA DEL MOTEL

Por fin he logrado abrir la caja fuerte. Dentro hay dos compartimentos: en el primero, otra foto, otra pajarita de papel y una carta; el segundo está cerrado y se necesita un código para abrirlo. ¡Mierda! Sé que Sergio no se podía ni imaginar lo que iba a pasar, pero complicar el juego ahora, precisamente cuando creo que la policía ha descubierto la relación que tengo con él...

Los de fuera se están cabreando. Yo creo que no van a tener demasiados reparos en tirar la puerta abajo si no les abro. Sé distinguir perfectamente cuándo un tono de voz es el de alguien que está muy cabreado. Tengo que darme prisa.

El mismo cosquilleo. Algunas sensaciones van unidas indefectiblemente a un recuerdo. Cada vez que como berenjenas con miel, pienso en mi abuela; cada vez que beso a una mujer por primera vez, me acuerdo del sabor a refresco de cola con cigarrillos que tenía mi primera novia, y cada vez que intento dar un esquinazo, veo la cortina a cuadros blancos y rojos que tapaba los bajos del fregadero donde se escondían dos niños que querían huir de un hospital. Nadie me ha explicado nunca de qué están hechas las relaciones emocionales que establecemos con nosotros mismos.

Sergio y yo intentamos fugarnos antes de que me amputasen la pierna, pero nos pillaron al llegar a la parada de autobús que había delante mismo de la puerta del hospital. Cuando Carolina se enteró, le dimos tanta pena que habló con los médicos y en su tarde libre nos subió a su coche y nos llevó de paseo por el centro. Mientras cruzábamos la alameda del bulevar juro que éramos Paul Newman y Robert Redford flanqueando a la mujer más guapa que se pueda soñar. Lástima que, como habíamos crecido mucho más que las perneras de los pantalones que llevábamos puestos cuando ingresamos, parecíamos unos paletos enseñando los calcetines blancos.

Debería parar y salir a ver qué pasa, pero la adrenalina se me ha metido en vena. La recompensa por completar el juego son diez millones, la diferencia entre seguir adelante o vivir siempre con la frustración de no saber qué habría pasado. Si paro y estos tíos entran y arrasan con todo, me quedaré sin saber si esos millones estaban aquí dentro, si esta era la última prueba o por dónde continuar el camino de pistas que me ha trazado Sergio. Si al final algún día podré encontrarme con él en algún lugar o no. Si Jero Lamarca es capaz de acabar por una vez lo que empezó o es humo, como lo fue siempre. En todo caso, no es el momento de filosofar; ahora lo único que debo recordar es que rendirse nunca fue una opción, aunque se trate de un maldito juego de niños.

Intento ser optimista, pero ya lo he dicho: nací gafado y eso me pone siempre en el camino un montón de piedras con las que tropezarme. De todos modos, con los años he aprendido a apretar los dientes y surfear en la tormenta.

Sé perfectamente que lo que voy a hacer es del todo irracional. Voy a leer la carta e intentar averiguar el código que abre el compartimento interior. Pero confío en saltar las rocas y poder escapar en el último momento, como pasa en las malas películas que echan en la tele los domingos por la tarde.

> *Querido Jero:*
>
> *Espero que te haya gustado tu habitación y todo lo que en ella había. Estoy deseando que llegues a tu próximo destino. Sé que sabrás valorar lo que encuentres en su justa medida.*
>
> *Nunca te gustaron las montañas rusas, ¿verdad? Pues eso fue el atraco a la Fábrica de Moneda y Timbre. A veces estás arriba y a veces estás abajo. Sin transición. Pero debo decir que, en los momentos en que uno siente que las cosas están saliendo justo como planeó, se experimenta un placer muy cercano a la felicidad. Aun así, tanto en lo bueno como en lo malo hay que saber controlarse, porque los extremos nunca fueron buenos compañeros de viaje.*
>
> *Tiempo. Nuestra palabra talismán. Ir dejando miguitas en el camino, esperar a que la policía pique y llevarla a vías muertas para distraerla*

del verdadero objetivo mientras las máquinas van imprimiendo billetes de cincuenta euros.

Cuando pusimos en marcha el plan Valencia (¿cómo llamar si no a un plan que consiste en hacer mucho ruido a fuerza de disparos como si de una traca fallera se tratase?), la policía imaginó lo que nosotros queríamos que imaginase: que nos habíamos vuelto locos y habíamos empezado a matar a los rehenes. Y como no podía ser de otra manera, pidieron pruebas de vida. Nada que alegar.

Y puedo decir, con mucho orgullo y alivio, por cierto, que todos nuestros rehenes estaban a salvo, porque el director, Arturo Román, evolucionaba como Dios manda y la buena persona que Denver lleva dentro y que su padre le inculcó le salvó la vida a Mónica Gaztambide, aunque para ello se jugó la suya.

Cuando la inspectora Murillo se dio cuenta de que los vídeos que le habíamos enviado como prueba de vida estaban manipulados, exigió, tal y como teníamos previsto, entrar en la fábrica para comprobar de primera mano que todos los rehenes continuaban con vida. Y nosotros le abrimos las puertas de par en par muy gustosamente. Clinc, clonc. Sumando tiempo. Esta es la parte en que la montaña rusa sube.

La bajada es cuando escuchas que tu caballo de Troya ha seguido como buen sabueso nuestro rastro hasta la misma farmacia de Palomeque de donde Berlín era un habitual. Ya sabrás lo de su enfermedad, me imagino.

Aquella noche cené con la inspectora Murillo. Fue ella quien me pidió quedar. Yo no sé si me hubiese atrevido. Y descubrí que ni su placa de policía ni su rigor en el trabajo se correspondían con la inseguridad que sintió ante su primera cita después de mucho tiempo. De todos modos, creo que al final los dos conseguimos apaciguar nuestros nervios, por más que eso nos iba a llevar, más adelante, al mismo infierno.

Aunque me estoy adelantando. Primero, un subinspector con mucho oficio y más olfato descubrió la ubicación exacta del almacén desde donde yo lo controlaba todo, y luego nuestra rehén estrella, la hija del embajador, *se escondió en una caja fuerte saboteando la prueba de vida; y así, por enésima vez, todo el plan estuvo a punto de irse al garete.*

Un beso,

Sergio

P. D.: Para dar con la siguiente clave debes sumar al código el número que tiene el mismo valor que letras tiene su nombre.

Dejar migas, Sergio, de eso se trata. Dejar migas para poder encontrar el camino de vuelta. No encontrarán nada de lo que llevo.

He preparado una bolsa de plástico para poder meter en el último momento todo lo que es comprometedor: las cartas, las pajaritas, el códice; todo lo que he ido recopilando hasta ahora. Si no consigo abrir el compartimento interior de la caja fuerte antes de que llegue la policía, lo pondré todo en el elevador de comida y le daré al botón de descenso. Solo espero que vaya a parar a algún sitio controlado por algún tipo tan legal como el gótico. Tengo que darme prisa; cada vez están más cerca.

Descifra el enigma para saber por dónde continuar.

Si lo necesitas, puedes consultar las pistas de la p. 155.

Escribe aquí la respuesta para recordarla más adelante.

JERO RESUELVE EL ENIGMA
DEL CEMENTERIO

He decidido volver a San Sebastián y dormir en la que fue la casa de mis padres, aquel piso pequeño y oscuro donde vivieron hasta que volvieron a su pueblo extremeño. Mi economía no se puede permitir más lujos. Mañana a primera hora quiero ir a la librería de viejo del centro que me ha indicado Sergio; menos mal que cambio las tumbas por libros.

En el piso solo queda polvo, fantasmas y dos camas individuales en la habitación que compartimos mi hermano Fiti y yo de niños. Nunca he sido capaz de deshacerme del mapamundi que teníamos enganchado con chinchetas en la pared.

No tengo ni idea de por qué Sergio me ha dejado su caja de patos en el panteón de un cementerio de Toledo. A lo mejor ha sido su manera de decirme que la ha conservado hasta el final. Él era así, tan metafórico que a veces ni siquiera yo, que era quien más lo conocía, lograba entenderlo.

He metido la carta, la pajarita y la foto que he encontrado en la caja de patos en el petate, junto al resto del material. He puesto la navaja suiza que fue suya y el cromo de Johan Cruyff, que era el más preciado de mi colección y que me desapareció en el hospital por arte de magia, en un bolsillo aparte. Gracias, Sergio.

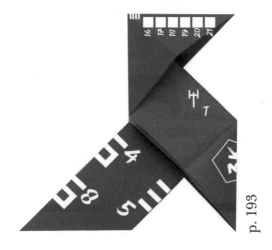

p. 193

No tengo ninguna duda de que Sergio es un tipo legal. Lo que pasa es que la vida a veces te lleva a calles que te hubiese gustado no tener que transitar nunca.

Cuando vi su foto en la tele me costó reconocerlo con esa barba, aunque tenía el mismo aire de niño educado que tuvo siempre. Estoy seguro de que es de los que ordenan el armario por colores, se lustran los zapatos por la noche antes de irse a dormir y dejan preparada encima de la silla la ropa que se pondrán al día siguiente. Ya lo hacía cuando era pequeño: cada noche colocaba las zapatillas perfectamente alineadas debajo de la cama y dejaba la bata a punto por si se tenía que levantar para ir al lavabo. Los demás íbamos a tientas, descalzos, y si se nos bajaban los pantalones del pijama a medio camino, nos poníamos una mano delante y la otra detrás.

Dicen los pseudoexpertos de las tertulias que Sergio no da el perfil, con su cara de buena persona, su americana y su corbata. Y a mí eso siempre me ha hecho mucha gracia. Según ellos, ¿qué rasgos definen al ladrón de manual perfecto? ¿Son los que van puestos hasta las cejas dando tirones a bolsos por la calle, o son esos que se confiesan cada día, saben utilizar los cubiertos del pescado y meten en la cuenta del banco el dinero que no han ganado con el sudor de su frente? Porque esos también son atracadores, ¿no? Asaltan cada día nuestros bolsillos con total impunidad y luego a dormir en el lecho conyugal, tan tranquilos.

Yo no duermo; ni rastro de sueño. Y esta noche, tendido boca arriba en la cama que fue de mi hermano, no tengo mejor plan que releer la carta de mi amigo.

Queridísimo Jero:

No te pregunté. ¿Qué tal está Carolina? ¿Le confesaste tus sentimientos o volviste a echarte atrás? Apuesto a que siempre le gusté más yo, pero tengo que reconocer que las mejores raciones de comida te las daba a ti, y eso me tiene un poco confundido.

En todo caso, perdóname por haberte enviado a un cementerio. Pero antes de continuar quiero dejar algo claro: no fui yo el que te robó el cromo, fue Ramírez, el del meñique torcido, pero esa es otra historia.

La policía disparó a los que estaban en la azotea y por error hirió a uno de los rehenes: Arturo Román, director de la fábrica. La inspectora Murillo tenía razón cuando dijo que, si él moría, la opinión pública sabría que no habíamos dado el permiso para llevarlo al hospital, así que, asumiendo todos los riesgos, porque de eso se trata, accedí a que entrase un equipo médico en la Fábrica Nacional de Moneda y Timbre. Todo preparado para recibir a las visitas.

Aunque si la inspectora hubiese sabido lo que iba a pasar, no habría dejado que un policía de los suyos, más concretamente su amigo y mano derecha, el subinspector Ángel Rubio, entrase infiltrado entre los sanitarios, porque eso me iba a permitir utilizarlo como un caballo de Troya. ¿Recuerdas la historia? Sin darse ni cuenta, él nos llevaría hasta el centro mismo de las filas enemigas. Otra vez los dioses se ponían de nuestro lado. Un simple micrófono incrustado en sus gafas y teníamos al subinspector jugando en nuestro equipo, dándonos los puntos que necesitábamos para salir victoriosos de esa contienda.

Ese día tampoco consiguieron entrar en la fábrica. El plan volvía a funcionar, aunque no todo había salido como estaba previsto.

Sergio

P. D.: Te toca encontrar el libro que nunca acabaste de leer. Lo encontrarás en la librería de viejo del centro de San Sebastián.

A primera hora de la mañana, cuando salgo por la puerta, veo que el tipo de los mocasines ya está tomándose un café en el bar que hay delante de la casa que fue de mis padres. A lo mejor se cree que engaña a alguien con la cara que tiene de no haberse metido nunca en el fango, pero este es mi barrio, y aunque tuviese los ojos vendados sabría distinguir quién es de los nuestros y quién es de los otros. Y este es de los otros, eso seguro. Solo falta descubrir si es madero de profesión o soplón de vocación.

En todo caso, supongo que habrá tipos como ese distribuidos por toda la ciudad. No descarto que en algún momento alguien con muy poco trabajo se haya topado conmigo en la biografía de Sergio y haya decidido averiguar a qué se dedica el amiguito de hospital del *crack* que ha puesto patas arriba toda la metodología policial. Cosas más raras se han visto.

Pero si es así nos vamos a reír un rato, porque si alguien sabe hacer de liebre en las carreras, cojo o no, ese soy yo. Se va a marear tanto que se va a pisar los flecos de los zapatos. Él no debe de saber que si algo me molesta, y mucho, es que me controlen, me vigilen o me miren de reojo siquiera. Va siendo hora de subirse a la moto de nuevo.

Treinta y seis minutos he tardado en perder de vista el coche blanco que me ha seguido. Lo he controlado con mi reloj. Iban dos personas en el vehículo, y aunque no he podido ver cuál de ellas conducía, quienquiera que sea es bueno al volante, mucho más de lo que me esperaba.

La librería abre a las nueve de la mañana, según dicen en la web, pero ya pasan diez minutos de la hora cuando un chaval con forro polar levanta la persiana. Se le habrán pegado las sábanas. Falta de disciplina, diría Sergio, aunque nunca he conocido a alguien que fuese tan comprensivo como él con los defectos ajenos. Decía que siempre hay dos versiones para una misma historia, aunque algunas costasen más de encajar que otras.

Sergio se hizo mayor de golpe el día en que descubrió que los relatos de asaltos y robos que le contaba su padre no eran películas del cine, sino una manera de vivir como otra. A él no le avergonzaría decir que lloró al enterarse, y a mí me ruboriza solo un poco decir que yo también lo hice cuando me lo contó, y aún más cuando por culpa de aquello no me dejaron ni despedirme de Sergio: al día siguiente de que su padre se metiese en la sopa que comía media España, cosido a tiros delante del Banco Hispano Americano, mi madre me sacó del hospital con premeditación y alevosía argumentando que su hijo no se iba a juntar con gentuza.

Una campanilla anuncia mi entrada en la librería. Hubiese preferido que fuese más discreta, porque ese sonido tan armónico no se corresponde con la dureza de mi mirada. Eso lo sé.

Tengo que encontrar el ejemplar que fue nuestro, aquel en el que dibujé un corazón con rotulador permanente, con una S y una J de Sergio y Jero en una punta de la flecha y una C de Carolina en la otra. El libro era una edición limitada de esas que simulan ser antiguas. Le he preguntado por él al chaval del forro polar y lo ha tenido muy claro. A saber cómo y cuándo habrá montado Sergio este recorrido y de qué manera habrá conseguido crear tantas complicidades.

Sin abrir la boca me ha llevado al piso de arriba y me ha dejado solo después de guiarme hasta un aparte detrás de una cortina. Ahí está lo que busco. Ahora tengo que encontrar el modo de abrir el candado de la caja de metacrilato donde está guardado el ejemplar de *El nombre de la rosa* que nos dio tantos momentos buenos. Y a ser posible tengo que hacerlo sin provocarme daños permanentes, porque entre el polvo de casa de mis padres y el que hay aquí, los ácaros se tienen que estar dando un festín con mis pulmones.

El sonido de la campanilla de la puerta de entrada me ha desconcentrado. Al cabo de pocos segundos me ha llegado el mismo olor a avellanas tostadas de la chica del aparcamiento de la casa de Toledo. Me asomo y por debajo de la cortina veo unas botas de tacón negras y unos mocasines de flecos.

—No puede andar lejos, tenemos que ir con cuidado para que no nos descubra.

La voz femenina es la de alguien que ha fumado muchos más cigarros de los que su garganta podía asimilar. Yo dejé de fumar antes que de beber.

Estoy tentado de abrir la cortina y preguntarles qué es lo que quieren, pero pienso en Sergio y sé que eso sería enseñar las cartas. Y, en realidad, lo único que estoy haciendo es participar en un juego. Así que continúo a lo mío sin perder de vista mi espalda.

Tengo a mano todo lo que he ido encontrando hasta ahora, incluidas la pajarita y la foto que había en la caja de patos que Sergio escondió en el cementerio.

Descifra el enigma para saber por dónde continuar.

Si lo necesitas, puedes consultar las pistas de la p. 157.

Escribe aquí la respuesta para recordarla más adelante.

JERO RESUELVE EL ENIGMA
DE LA CAJA DE LATÓN

Siempre fue el mejor ideando juegos mentales. Me mantenía despierto durante horas, ajeno a las voces de las enfermeras en el pasillo, al pitido de las máquinas, al murmullo constante de los hospitales, a la sensación de estar encerrado y fuera de casa. Tenía esa capacidad de abstracción que a mí siempre me ha faltado para empezar un razonamiento y seguirlo hasta el final.

No sé si fuera del taller ya ha acabado el invierno, creo que no, pero de pronto siento un calor que hacía tiempo que pasaba de largo sin pararse en mi pecho, como si el verano hubiera escapado del calendario. Porque ahora tengo algo concreto que hacer, una ruta que seguir, un juego que jugar. He intentado ser como se supone que debo ser, pero eso no ha sido suficiente. Y yo sé que la única suerte que existe es la que uno se traza. He puesto todo mi empeño en que el taller funcione, pero las ganas de hacerlo bien, por mucho que digan, no pagan las facturas. Y la realidad, como a muchos otros, se me ha llevado por delante.

Así que, hoy por hoy, no tengo nada mejor que hacer que relajarme y recordar que un día fuimos niños, aunque la nuestra no fuese una niñez al uso.

He conseguido abrir la caja de galletas que venía dentro del paquete y he encontrado otra foto, otra carta, otra pajarita de papel y una dirección, que ahora que la veo me parece el destino más natural para nosotros dos. Eso sí, ni una puñetera galleta que llevarme a la boca.

Me han bastado unos pocos minutos para recoger las cuatro cosas que tengo, meterlas en mi petate, echar el cierre a la persiana y ponerme en ruta hacia el hospital de San Juan de Dios de San Sebastián. Si no ha cambiado, me espera un edificio de tres plantas con columnas blancas en la balconada y un mundo por explorar dentro, sobre todo para dos niños dispuestos a hacer lo que cualquier otro de su edad —básicamente, jugar y divertirse como sea—, pero en menos cantidad y, según el día, puede que algo más despacio. Todo dependía de cómo nos levantásemos esa mañana.

Al llegar a La Concha, ha sido como si el tiempo girara sobre sí mismo: los días de hospital parecen de pronto muy cercanos, casi presentes, mientras que el pasado inmediato se queda muy atrás, como si hubiese ocurrido hace siglos. Voy a intentar que no me pise los talones.

La playa estaba casi desierta cuando he llegado, solo había una docena de personas de paseo o jugando con los perros, así que me he sentado en la arena y ahora me estoy helando. En la orilla el frío es distinto, más denso, se cuela más adentro, pero no me importa: me gusta respirar el mar. Meterme no, eso no lo hago, porque no sé nadar y toda esa agua me da miedo. Y sí, los tipos con pinta de duros también tenemos miedos, lo que pasa es que los metemos bajo la chupa negra de cuero para que no se vean.

Queridísimo Jero:

Si estás leyendo esto es que has continuado adelante con el juego que te he propuesto. No lo he dudado nunca.

En la carta anterior te dije que no hicieses caso de cuanto ahora dicen de mí. Así que, si me permites, voy a aprovechar estas misivas para darte mi versión de los hechos. Me apetece que tú la tengas. Entre otras muchas cosas, porque viviste de primera mano el nacimiento de esta idea. Allí, en aquel hospital, escuchando las historias que nos contaba mi padre, ¿te acuerdas?

Las primeras horas del asalto fueron muy angustiosas. Como si al quedarme solo en el hangar, sin conexión con ellos, se hubiese cortocircuitado la fina corriente que nos unía a todos.

Apenas llegaban noticias y, hasta que Río no conectó las cámaras que me permitían estar dentro de la fábrica, no voy a negarte que resultó duro; sí, hubo momentos complicados. Pero cuando vi los teléfonos de los rehenes pegados con celo en la pared, supe que todo iba según el plan. Nuestras esperanzas se encontraban en aquel collage *que dibujaban los móviles.*

El tiroteo estaba previsto. Se trataba de simular una escaramuza entre policías y ladrones, pero la consigna era disparar al suelo. Queríamos que cuando todos los medios de comunicación hablasen de nosotros, cuando todas las familias se preguntasen qué demonios estábamos haciendo, solo hubiese una respuesta posible: «¡Ojalá se me hubiese ocurrido a mí!». Pero para lograrlo había una condición ineludible: que no hubiese ni una sola víctima. Porque pasaríamos de héroes a villanos en un abrir y cerrar de ojos. Y porque, la verdad, nunca he creído en la violencia.

Sin embargo, como dice la señorita Tokio, aunque lo tengas todo previsto, las cosas no siempre salen como uno las planea. Y a estas alturas me sobran motivos para darle la razón.

Durante cinco meses me dediqué a prepararlos para ese momento, para el momento en que tendrían que demostrar que no me había equivocado al poner mi sueño en sus manos. Y me escuchaban atentamente, o al menos eso me parecía. Supongo que a ratos pensaban en sus cosas como hacíamos nosotros cuando venían al hospital a darnos clase.

No hace mucho, por una de aquellas casualidades que no tienen sentido, supe lo de tu hermano Fiti. Sabes que es verdad si te digo que lo siento muchísimo. Y se me ocurrió que esta es una manera como otra de decirte que mi amistad continúa intacta.

Espero que disfrutes tanto con el juego que he preparado como yo he disfrutado mientras lo pensaba para ti. Y no sufras; si al final no lo consigues, haremos como entonces: te doy la respuesta y fingimos que lo has logrado solo. Y después te comes todo el flan, como siempre nos apostábamos.

Sergio

P. D.: Las figuritas de papel que hacía mientras hablaba con la policía eran rojas. ¿Sigue siendo ese tu color favorito? Supongo que no has olvidado el camino que lleva a nuestro hospital, ¿verdad?

Desde la habitación en la que estábamos no veíamos el mar, aunque siempre andábamos olisqueando para ver si lo encontrábamos

p. 195

en algún rincón. Básicamente porque Sergio («el Profesor» para el resto del mundo) tenía la teoría de que era imposible no olerlo, porque las corrientes de aire se confabulaban para que el aroma a sal penetrase por todos los agujeros del suelo y se metiese en todas y cada una de las casas de San Sebastián. No sé si él se lo creía, pero el resto de los chicos, todos los que estábamos allí, sí que le creíamos. Sobre todo yo, porque él tenía trece años y yo acababa de cumplir los once. Quizá le deba esta nariz tan fina que tengo para según qué olores.

Formábamos un gran equipo: yo siempre me metía en líos y él siempre daba la cara por mí, aunque le cayese un guantazo, que de hecho era lo habitual. A veces intentaba convencer al contrincante con historias, porque era un espadachín con las palabras. Pero con Ramírez, el del meñique torcido, pillaba siempre. Ese le metía un sopapo antes de que Sergio tuviese tiempo de abrir la boca.

Vamos. Arriba. Ya va siendo hora de que deje de recordar y me ponga en marcha; si no, con esta humedad, la pierna ortopédica se me va a quedar más tiesa de lo que está. Nada a lo que no me haya acostumbrado: restos de la enfermedad que tuve de crío, que a veces se empeña en recordarme que no puedo correr. «Mejor andar despacio y pensar deprisa que andar deprisa y pensar despacio», me decía

Sergio. Éramos niños y él ya sabía todo lo que había detrás de eso. En fin… Siempre fue el más listo, creo que eso ya lo he dicho. Yo llevo toda la vida tratando de ganarle el pulso al dolor, y a lo mejor con un poco de suerte un día lo consigo. A veces soy más triste que optimista. No siempre he sido así.

Cuando he salido de la calle Easo y he empalmado con la avenida de Sancho el Sabio casi no he reconocido las calles. Ya soy un extranjero en esta ciudad. Y conforme subo por Carlos I me voy encogiendo en la misma medida en que el hospital se agiganta y me traga.

Al entrar, huele a sopa de verduras con cubitos, como olía siempre. Subo hasta el segundo piso, giro a la derecha y veo nuestra habitación. Han pintado las paredes, pero no han conseguido tapar lo esencial, como si el pasado se hubiese quedado pegado a la pintura blanca que ha sustituido a aquel azul pálido de mi memoria.

En vez de dos camas como había entonces, ahora solo hay una y en ella duerme una anciana que ni siquiera suspira cuando entro. El crucifijo que hay en la cabecera está torcido; eso tampoco es nuevo. Me entran ganas de comprobar si es el mismo y tiene la muesca que le hicimos una noche solo porque sí, porque podíamos. Pero no lo hago. ¿De qué me serviría saberlo? No están las personas que de verdad hacían que este lugar fuese algo mío. En vez de eso, voy directo al armario empotrado que hay a los pies de la cama y lo abro.

Allí está la caja fuerte, esperándome. Nunca supimos qué hacía allí, ni si había algo dentro. Treinta años después voy a desvelar el misterio. Si es que soy capaz de abrirla y si es que las enfermeras que oigo en el pasillo no llegan antes y me echan a patadas.

Saco el códice, la foto y la pajarita. Venga, Sergio, a ver qué me has preparado.

5374217013680CODE

ORDERTUPLMAINRS

Descifra el enigma para saber por dónde continuar.

Si lo necesitas, puedes consultar las pistas de la p. 159.

Escribe aquí la respuesta para recordarla más adelante.

JERO RESUELVE EL ENIGMA
DEL GUARDAMUEBLES

Dentro de la caja fuerte hay un paquete de los de Sergio, con su papel marrón y su nudo perfectamente hecho. Cuando lo abro me encuentro una nueva identidad (pasaporte y DNI), un fajo de billetes de cien y una carta. También hay una hermosa pajarita y una foto. Obviamente, no iba a estar ahí el dinero contante y sonante: diez millones de euros son un montón de kilos.

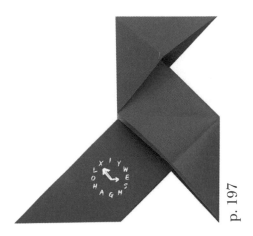

p. 197

Mi amigo me está regalando la posibilidad de empezar de nuevo, de desaparecer de una vida que tampoco ha tenido demasiada gloria y comenzar otra, como supongo que ha hecho él en algún lugar del mundo. Pero, aunque sería bonito, no es cierto. Lo esencial, lo que nos bombardea de verdad, es lo que llevamos dentro.

Me pregunto si quiero hacerlo, pero sé que no es esa la pregunta adecuada. Porque la cuestión no es si quiero; es que no me queda más remedio. Tengo un policía muerto a mi lado. Asesino y corrupto, pero un policía al fin y al cabo, uno de los suyos; un tipo ambicioso que se creyó la historia más increíble que alguien podía explicar. A lo mejor pensó justo eso, que la historia era demasiado fantástica para ser producto de la imaginación de un tío como yo.

Sé que voy a echar de menos mi moto y a Pilar. A una por amor y a la otra por costumbre, aunque no sé si es ese exactamente el orden. Alejandra… Bueno, deseo con todas mis fuerzas que se recupere.

He dicho más de una vez que soy un optimista triste.

Queridísimo Jero, ¿o ya no debo llamarte así?:

Fue muy divertido inventarme un nombre para ti. No me negarás que ahora tu pasaporte tiene…, no sé cómo decirlo…, una sonoridad particular.

Me alegro de que hayas llegado hasta aquí. Espero de todo corazón que haya sido ameno.

Por mi parte, esta va a ser mi última carta, aunque no es una despedida para siempre uno nunca les dice adiós a las personas que quiere de verdad.

Sé que si mi padre pudiese verme se sentiría orgulloso de mí; no por el dinero conseguido, que también, sino porque nosotros somos los que hemos puesto en entredicho el concepto de buenos y malos, hemos hecho saltar la banca y hemos logrado darles una patada en sus partes a todos los estamentos que, por ser tan oficiales, se han olvidado de ser humanos.

La única fisura real de mi plan fue enamorarme de Raquel, pero supongo que ya sabes que eso no está en nuestra mano. Siempre fuiste mucho más listo que yo para los asuntos del corazón. Y una cosa te voy a decir, ahora que ya han pasado tantos años: Carolina te prefería a ti. Lo confieso.

Volvería a hacerlo; todo volvería a hacerlo igual. No me arrepiento. Pero no puedo ni quiero olvidar a los que se quedaron por el camino, a los que llevaron su lealtad hasta el final. Porque de eso se trató, de lealtad en su estado más puro.

A lo mejor es que toda esta historia ha sido solo eso: puro amor. Rocambolesco y raro, sí, pero es en las peores situaciones cuando ocurren las historias más extraordinarias. A ti no hace falta que te lo explique.

La vida no es ningún juego, aunque espero que el viaje haya sido entretenido. Los caballeros de la noche nunca se rinden.

Sergio

P. D.: Si quieres saber cuál es el vuelo final de nuestras pajaritas, ve a la taquilla 125 del aeropuerto más cercano.

Daría el dinero que me está esperando en algún lugar por tenerlo aquí y poder abrazarlo. Me ha hecho sentir que todavía soy importante para alguien. O al menos lo es el niño que fui. Si Sergio supiese en qué lío estoy metido, se ajustaría las gafas de pasta a la nariz como hace siempre que está nervioso.

Cuando bajo la persiana del box me parece oler levemente a avellanas tostadas. A lo mejor es otra de mis paranoias. Lo que tenga que ser será.

Treinta y siete minutos después estoy en el aeropuerto, delante de las taquillas. Sé cuánto he tardado por el móvil; he tirado el reloj en un contenedor. Cojo todo lo que necesito y me dispongo a resolver el que creo que será el último enigma del juego que un ser extraordinario ha ideado para mí.

Descifra el enigma para saber por dónde continuar.

Si lo necesitas, puedes consultar las pistas de la p. 161.

Escribe aquí la respuesta para recordarla más adelante.

JERO RESUELVE EL ENIGMA
DEL CALIDOSCOPIO

Siempre me ha parecido pretencioso que decoren los rellanos de las escaleras como si fuesen salas de estar: butaca, mesita de cristal y el correspondiente ficus, aunque sea de plástico. Eso es lo que hay en la puerta de la casa de Pilar, ambiciones que se desmoronan en cuanto sales a la calle de ese barrio de extrarradio y ves la cruda realidad: personas que vuelven de la compra con el carro medio vacío y se preguntan cuándo podrán volver a llenarlo.

No creo que Pilar tarde demasiado en regresar. O a lo mejor es que está dentro y no me ha querido abrir. Aunque lo dudo, porque ella no es mujer de recovecos; está acostumbrada a ir con el corazón en la mano aunque con eso corra el riesgo de que un impresentable como yo se lo parta.

Así que me pongo cómodo y espero. Mientras, leo la carta que Sergio me ha escrito en papel cebolla para que entrase bien en el calidoscopio. Es tan transparente que me da miedo que se rompa.

Hola, Jero:

¿Cómo andas? ¡Me gustaría tanto sentarme contigo y tomarme una cerveza! Brindaríamos como brindábamos con la leche con Cola Cao yo y el zumo de naranja tú.

Quemé las fotos de mi padre el día antes de que empezase el atraco. Sé que entiendes lo que significa. Tú fuiste testigo silencioso de aquella época. Pero lo que estábamos a punto de hacer nos exigía estar en el presente con los cinco sentidos puestos. Las fotos, los recortes de diario, todo sería susceptible de convertirse en prueba para pillar a alguien que, como yo, está en búsqueda y captura. Por eso no te dije nada antes.

Luego volví a la finca de Toledo y esperé a que el escenario que les había preparado fuese lo bastante creíble como para darnos eso que vale más que el oro: tiempo. Nuestro mantra. Te hubiese encantado ver cómo quedó.

El reloj iba marcando los minutos mientras todo un ejército de profesionales buscaba milímetro a milímetro cualquier error que les diese la pista para descubrir al tipo que estaba ayudando a los atracadores y que tenía a todo el país con la nariz pegada a la tele. Y ese era yo. Raquel me pidió que la llevase, y lo hice. Me metí en la misma boca del lobo.

Pero el tiempo corría y yo tenía que salir. Tic, tac, tic, tac. Veinticuatro horas sin que Berlín tuviese noticias mías y se pondría en marcha el plan Chernóbil, porque si el teléfono no sonaba en ese plazo de tiempo, eso querría decir que me habían detenido. Y las imágenes que se estaban retransmitiendo no eran para nada tranquilizadoras. Solo confiaba en que no se pusiesen nerviosos y cumpliesen los plazos estipulados.

Mientras, yo le hacía una llave del sueño al subinspector Ángel Rubio. Correr, me iba repitiendo: noquear, cambiar las pruebas y volver a correr. Ese era el único plan que tenía a corto plazo.

Entre tanto, al discreto de Oslo lo metían en una caja de madera con todos los honores y la cabeza abierta, Tokio salía por la puerta grande contra su voluntad por haber jugado a la ruleta rusa en la sien de Berlín, y las manillas del reloj continuaban marcando en nuestra contra.

Pero si te tienen que abatir, que sea luchando. Ya sabes, rendirse nunca fue una opción, ni entonces ni ahora. No lo hagas, no te rindas jamás. Continúa con la cabeza levantada, aunque a veces al mundo le dé por descansar sobre tus hombros. Ya me estoy poniendo cursi. No me hagas caso. A veces las sirenas me susurran al oído y me despistan como hacían con el pobre Ulises.

Sergio

P. D.: Tu próximo destino está en el planetario de San Sebastián, en la sala donde brillan todas las estrellas. Fila 3, butaca 5.

No ha sido fácil convencer a Pilar, pero al final lo he hecho, aunque me ha jurado que era lo último que hacía por mí en esta vida. Y yo le he prometido que era la última vez que la molestaba. Y ahora que la veo venir con el casco negro pilotando mi moto, sé que voy a cumplir mi palabra. Si al final me esperan diez millones como dice Sergio, Pilar va a poder llenar el carro con tantos sueños como quiera.

Me da las llaves de la moto. Ni siquiera se ha quitado el casco para que le pudiese dar un beso de despedida.

Sergio y yo siempre quisimos ir al planetario a ver las estrellas, pero para cuando inauguraron el de nuestra ciudad hacía mucho que no nos veíamos. Para ser concretos, él ya había empezado a desaparecer formalmente y yo me bebía el mundo convencido de que para mí no existiría un mañana.

Llevo el códice en el bolsillo de la chupa y el resto del material en el petate. Me voy directamente a la sala Planetarium. Hoy están proyectando «El cielo del mes de febrero».

La butaca que me ha indicado Sergio en la carta tiene un letrero que indica que está reservada. Me siento en ella y espero.

Hay un grupo de once o doce niños, una pareja que deben de ser los profesores y un tipo demasiado grande para su asiento. Él también mira con ojos de niño la pantalla. Hay algo poético en el camino que va de la inocencia de su cara a las carnes que los reposabrazos del asiento son incapaces de contener.

El juego que Sergio me ha preparado es un verdadero viaje emocional: el hospital, Carolina, el libro de Umberto Eco, nuestra película de cabecera, la juguetería y ahora nuestro sueño no cumplido de visitar el planetario. Si mi hermano Fiti pudiese verme estaría feliz por mí, porque hasta yo empiezo a reconocerme otra vez cuando me miro en el espejo.

Palpo la butaca por todos sitios, por si acaso, por hacer algo. Pero no hay nada. Cuando termina la proyección y la sala se queda vacía, intento pensar en qué hubiese hecho yo para dejar un mensaje secreto. Estoy a punto de irme cuando se me acerca el hombre grande con inocencia de niño. Me sonríe y me da un sobre. Luego se va, sin más. Así de fácil.

Dentro hay un papel rojo, una foto y una nota llena de estrellas dibujadas que dice que debo dirigirme a la taquilla 35.

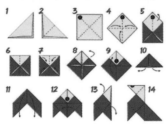

p. 199

Cuando llego a las taquillas que hay frente al restaurante, está todo lleno de gente. Es casi la hora de comer y hacen cola. Así que decido tomármelo con calma y me voy a pasear por la zona de ecosistemas y faunas. Me irá bien relajar un poco la mente.

Un grupo numeroso de estudiantes está haciendo una visita guiada. Estoy casi seguro de que el tipo que lleva una gorra de béisbol que impide que se le vea bien la cara es Mocasines. Tendré mucho cuidado. Era de esperar que me tuviesen vigilado.

Reculo y me voy a la taquilla 35. Quizá es mejor que haya un montón de gente por allí. Si realmente me están vigilando, tendré más opciones de despistarlos. De todas maneras, me parece raro que hayan enviado a Mocasines cuando saben perfectamente que sé quién es.

Descifra el enigma para saber por dónde continuar.

Si lo necesitas, puedes consultar las pistas de la p. 163.

Escribe aquí la respuesta para recordarla más adelante.

JERO RESUELVE EL ENIGMA
DE LA CAJA METÁLICA

Cuando he oído derrapar un coche, el camarero se ha ganado con creces la propina que le he dejado. No ha hecho falta ni una palabra. Ha agarrado un montón de cajas llenas de refrescos y ha bloqueado la puerta principal con la excusa de cargar la nevera que tiene al lado. Eso me ha dado tiempo para recoger mis bártulos, guardar la carta que había dentro de la caja metálica y salir por la puerta de emergencia, justo donde tengo la moto. La caja también contenía una caja de cerillas con la dirección de un motel.

Estoy convencido de que Sergio no se imaginó que me seguirían; él es de los legales. Si lo hubiese sabido, me habría hecho llegar el dinero y se habría dejado de jueguecitos. No sé dónde está, pero supongo que es consciente de que lo mejor es que no vuelva nunca más.

Mi moto y yo vamos a intentar salvarle el culo al único amigo que he tenido, con el que juramos encontrarnos en el cielo. Cuando lo hicimos todavía no teníamos edad para creer en avernos. Y cuando me subo la cremallera de la chupa me doy cuenta de que puedo respirar otra vez bien, porque el frío de San Sebastián se me acaba de meter enterito en los pulmones.

A setenta por hora, para que no puedan ponerme ni una miserable multa, me dirijo hacia el motel que anunciaba la caja de cerillas. Está en el extrarradio de la ciudad y supongo que una nueva prueba me está aguardando allí.

El tiempo va a cambiar; lo sé porque me duele la pierna. Es como llevar un fantasma agarrado con los dientes a mi rodilla izquierda.

No hay nadie en recepción cuando llego al motel, que en realidad es una pensión, y me pongo a leer la carta que he encontrado en la caja metálica.

> *Hola, Jero:*
> *Me sienta muy bien escribir y contarte lo que te estoy contando.*

¿Recuerdas la canción que cantábamos y que me enseñó mi abuelo materno? ¿El Bella Ciao*? Pues se convirtió en el himno del golpe que hemos dado. Porque si la resistencia siempre cae bien es sencillamente porque todos llevamos un rebelde dentro.*

Escapar por los pelos del desguace vestido de despojo humano puso mis nervios al límite. Pero cuando estás en medio de un atraco las cosas suceden a una velocidad de vértigo y lo que hace pocos minutos parecía lo peor que te podía pasar se convierte en una nimiedad comparado con lo siguiente.

Cuando la policía descubrió a quién pertenecía el botón que dejé en el Seat Ibiza, pusieron en marcha toda la artillería contra Andrés de Fonollosa, conocido como Berlín. Y no contentos con el retrato psicológico que tenían, se inventaron un historial delictivo que sé que a él le dolió muchísimo. Porque Andrés, tú lo recordarás, tenía muchos defectos, pero también tenía un sentido del honor tan elevado que me atrevería a decir que a veces era hasta contraproducente. Por eso sé que no perdonó que lo acusasen falsamente de proxeneta, ni mucho menos de soplón. Porque de lo único que podía ser acusado Berlín era de excéntrico. Pero eso no le bastaba a la policía, porque los excéntricos en este país suelen caer en gracia a la gente.

Debo reconocer que me decepcionó que la inspectora Murillo aceptase hacer trampas, pero supongo que cuando el maltratador de tu ex se está aprovechando de las circunstancias para quedarse con la custodia de tu hija la línea entre lo justo y lo infame se difumina.

Como se difuminan los límites de lo peligroso cuando alguien está a punto de entregar tu careto a la policía haciéndote un retrato robot. Es curioso, pero cuando te acorralan haces cosas que nunca hubieses imaginado, como irte a buscar directamente un coche patrulla y meterte dentro.

Sergio

P. D.: Cuando llegues al motel que se anuncia en la caja de cerillas, dile al recepcionista que quieres una habitación con vistas.

La persona que atiende la recepción es un chaval joven con pinta de gótico. Todo en él es negro: la sombra de ojos, los labios, las uñas de las manos, la ropa… Todo. Es demasiado joven para estar enfadado con la vida, pienso por un momento. Y ese pensamiento me hace sonreír, porque solo demuestra que, contra todo pronóstico, me estoy haciendo viejo. Cuando le digo que quiero una habitación con vistas, ni siquiera finge que me abre una ficha. Cuantos menos rastros, mejor. La contraseña que me ha dado Sergio es buena, porque las únicas vistas que puede tener la pensión son a los rascacielos grises que la rodean.

Desde fuera el edificio parecía más pequeño, pero el gótico me hace subir hasta el último piso y me lleva por un montón de escaleras y pasillos estrechos con cierto tufo a podrido. Cuando abre la puerta de mi cuarto, estoy seguro de que estoy en el punto más alejado de la recepción. Antes de irse me dice que dentro encontraré todo lo que necesito, y me pregunto cuánto le habrá pagado Sergio para que participe como un mero peón en su juego.

Una cama de matrimonio con una colcha de flores, una mecedora y un rifle que no es auténtico colgado de una pared; la decoración es como la de un salón del viejo Oeste. Una persiana cierra la abertura de un pequeño montaplatos de esos en los que te suben y bajan la comida. Y en la pared, la foto de dos hombres con sombrero de *cowboy* me está observando. Si estuviese Sergio, le daría un beso. Encima de la mesita de noche, al lado del teléfono, hay un lápiz de memoria.

En la pantalla de la tele, que está encendida, la banda sonora de *Dos hombres y un destino* me da la bienvenida. Esa fue la película que más nos emocionó de todas las que vimos en el pabellón del hospital. Y durante muchos días los dos recorrimos los pasillos silbando la melodía mientras nos imaginábamos montados en bicicleta paseando a Katharine Ross. Cuánta ternura ha encerrado Sergio en esta habitación.

Inserto el *pendrive* en un viejo ordenador que se encuentra encima de un escritorio junto a una impresora. Enseguida aparecen una foto y una pajarita de papel, y una voz en *off* dice: «Los mejores trucos de magia se esconden en el sombrero…». Mientras pienso a qué debe de hacer referencia, imprimo todo el material por si más tarde lo necesito.

En efecto, la caja que debo abrir está detrás de la foto en blanco y negro de los dos *cowboys*. Es una caja fuerte de las antiguas, con su rueda de números y su pomo de barras en forma de estrella. Antes de ponerme manos a la obra me convendría descansar un poco. Las escaleras me han dejado la pierna machacada. Cierro las cortinas. La ventana da al callejón de atrás. No me había dado cuenta de que por ahí también se puede entrar y salir del motel.

p. 201

No he dormido demasiado porque todavía es de día cuando oigo las voces. Mi reloj me dice que unos cuarenta y cinco minutos. Miro por la ventana y veo al gótico hablando con dos policías; esta vez no es intuición, llevan uniforme. El recepcionista se está ganando el sueldo. Va diciendo a todo que no con la cabeza, como marca el primer artículo del manual del buen colega. No sé qué o a quién buscan, pero lo mejor es que abra la caja fuerte y me vaya echando leches.

QSDFAO

FNVTER

POEFGC

GNJLHS

NXZOAL

DSFYTR

Descifra el enigma para saber por dónde continuar.

Si lo necesitas, puedes consultar las pistas de la p. 165.

Escribe aquí la respuesta para recordarla más adelante.

JERO RESUELVE EL ENIGMA
DEL JOYERO PEQUEÑO

Abrí el segundo joyero, pero no había ninguna dirección. Solo otra pajarita, una carta y una foto. Sergio está jugando, él no podía adivinar que me pisaría los talones un tipo que por la pasta es capaz de matar si hace falta. Estoy seguro de que Mocasines está detrás de esto. No sé si va por libre, si va con Avellanas o si hay un puto complot para acabar conmigo. Sé que esto último es fruto de mi paranoia.

Así que me he refugiado en una casa del Pirineo francés que es de un colega. Las llaves siempre están escondidas debajo de una roca: es un ácrata de los pies a la cabeza.

Dejé la moto en un garaje de la ciudad, tomé un autobús y subí andando los seis kilómetros que separan la casa de la civilización. Cuando llegué, mi pierna izquierda era un martillo repiqueteando en el centro mismo del dolor. Aquí no hay luz, ni cobertura, ni una gota de alcohol, porque juro que si lo hubiese encontrado me lo habría metido hasta que me hubiese reventado el hígado, a pesar de la promesa que me hice de no volver a beber.

El único camino que llega aquí hace dos semanas que está cubierto de nieve. He estado tan furioso que ni siquiera he intentado descifrar las pistas que había en el segundo joyero. Ver a Alejandra así, en un charco de sangre, me ha hecho revivir el accidente en el que Fiti se dejó la vida, cuando perdí el equilibrio y nos caímos de la moto. Si le hubiese dado mi casco, ahora sería él el que estaría vivo. Pero no lo hice, no quise dárselo porque me fastidiaba que el mocoso no fuese responsable con sus cosas. Y porque, además, mi mente estaba embotada de tanto cubata. Desde entonces ese peso puebla siempre la oscuridad.

Estos días de frío intenso en los Pirineos me han servido para reflexionar. Tengo que volver. Primero porque necesito saber cómo está Alejandra. Segundo porque Sergio me brinda la oportunidad de tener una vida más decente. Y tercero porque huir solo nos lleva a un camino sin salida del que es casi imposible regresar. Y, como siempre decíamos, los caballeros de la noche no nos rendimos nunca. Aunque esa sea una de las mayores mentiras que existen, porque rendirse, lo que es capitular ante la vida, yo lo he hecho cada vez que no me he permitido ser feliz, y esas son muchas.

Saco del petate el códice, las pajaritas y la carta y la foto que había en el segundo joyero.

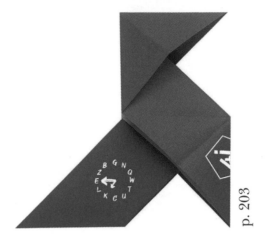

p. 203

Querido Jero:

Hasta que no he empezado a escribirte no he sido consciente de cuánto te he echado de menos todo este tiempo. Sé que tú sabrás darle el justo significado a lo que quiero decir.

Cuando llevábamos más de cien horas fabricando dinero vivimos los momentos más duros. No hubo solo un motivo.

Fue el día en que Raquel supo la verdad de quién era yo, se sintió estafada y sintió la necesidad de matarme.

Fue el día en que el desastre hizo acto de presencia dentro de la fábrica, y es que el cansancio y el estrés tarde o temprano acaban pasando factura.

Fue el día en que liberamos a Tokio y le dimos un plan de fuga, pero ella solo supo volver a casa con los suyos cabalgando en una moto porque tiene alma de caballo salvaje.

Fue el día en que yo quise poner fin a todo. Habíamos hecho mucho más de lo que nadie pensó que podríamos hacer, y aunque los números no eran exactamente los que planeó mi padre, me di cuenta de que había cumplido con mi palabra, la que, por otra parte, él nunca me pidió y que seguramente no me hubiese dejado ejecutar de haberlo sabido.

Cuando Raquel me dijo que quería matarme y quemar mi cuerpo, recalcó que nadie iba a denunciar la desaparición de alguien que no existe. Y tenía razón. En mi empeño por no ser, casi dejé de ser humano. No entraba dentro de mis planes enamorarme, y mucho menos de ella, pero a veces las mejores cosas son precisamente las que no están planeadas.

Quiero a esta mujer, estaba harto de la mentira en la que la/nos tenía atrapada/os, y si dejé que me llevase atado con cadenas a la casa de Toledo fue porque pensé que se merecía saber la verdad; se lo debía.

Pero la historia de un pobre niño en un hospital al que nadie ayuda, con un padre que se dedica a robar para llevarlo a Estados Unidos a ver si a fuerza de talonario alguien lo cura, no es suficiente para hacer cambiar lo que nos han enseñado durante toda la vida. Porque solo los que nacimos en el lado más oscuro sabemos que lo justo no siempre coincide con lo evidente.

Ese día solo tuve una certeza: que a ella le había pasado lo mismo que a mí, sentía lo que sentía y no pudo evitarlo. Si no, me habría dejado tirado allí como yo la dejé a ella.

Sergio

P. D.: Tienes reserva en nuestro restaurante preferido, pero para que te den mesa primero tienes que descifrar la clave. Ya te dije que «saborearías» el siguiente enigma.

Ese solo puede ser uno: el restaurante al que su padre decía que nos llevaría cuando saliésemos de allí. Pero antes tendríamos que aprender a utilizar los cubiertos.

Si es ese, tendré que alquilar un traje y comprarme un abrigo y una corbata en una tienda de segunda mano. No tengo ni puñetera idea de cómo voy a pagar la cuenta.

Bajé hace tres días del Pirineo. Dejé la moto en el garaje. He cambiado de teléfono y he borrado todos los contactos. El único que me ha dolido de verdad borrar ha sido el de Pilar. Era como si la estuviese traicionando de nuevo. Pero si me siguen los pasos allá donde voy es porque en algún sitio llevo puesto un localizador. Y he descartado los dos escondites más obvios: la moto y el teléfono. Esta noche veremos si llevo razón.

Desde que llegué a la «civilización» he llamado cada día al hospital donde Alejandra está ingresada. Me pasan con la habitación 306 y, en cuanto oigo la voz de la que me dijeron que era su madre, cuelgo. Solo quiero saber que continúa allí, porque mientras esté en el hospital, no está en la morgue.

Y ahora vamos a ver si descifro la clave para la reserva del restaurante.

LA CLAVE SE

ENCUENTRA

EN LOS PENTÁGONOS

Descifra el enigma para saber por dónde continuar.

Si lo necesitas, puedes consultar las pistas de la p. 167.

Escribe aquí la respuesta para recordarla más adelante.

JERO RESUELVE EL ENIGMA DEL INTERIOR DE LA CAJA FUERTE

He abierto el compartimento cerrado de la caja fuerte, pero como los golpes ya estaban haciendo ceder la puerta de mi habitación, he decidido seguir el plan y tirar todo lo que tenía por el elevador, incluidas la pajarita, la foto y la carta que había dentro. Lo he metido todo de cualquier manera, pero es que no he tenido tiempo de pensar algo mejor. Yo no soy un puñetero espía de esos que salen en la tele. Así que, mientras me sacan esposado de la habitación, voy repitiéndome que seguro que ha sido una buena idea y que tendré la oportunidad de recuperar todo el material.

Nadie me ha dicho de qué me acusan. Al igual que estoy seguro de que nadie le ha enseñado una triste orden de registro al gótico, que está sentado en el suelo del pasillo con una mancha roja rompiendo su maquillaje negro y blanco en el hueco que queda entra la nariz y los labios. Le guiño un ojo cuando paso a su lado y creo que la mueca con la que me responde se parece mucho a una sonrisa.

Cuando me agachan la cabeza para entrar en el coche patrulla me doy cuenta de que mi moto no está donde la he dejado y me cago en todos mis muertos. Esa moto es parte de mí, mi mejor juguete.

La tarde en que nos fuimos de paseo por el centro de San Sebastián, Carolina nos llevó a una juguetería que era para flipar. Nos gastamos el poco dinero que teníamos en un calidoscopio de esos en los que se ven las estrellas. Estaba dentro de una cajita dorada con grabados y Sergio se encargó de aclarar que eran los signos de un oráculo oriental que se llamaba I Ching. Lo dijo para impresionar a Carolina y yo le hubiese dado un guantazo allí mismo; cuando se ponía en plan sabihondo era insufrible. A ella le regalamos un anillo formado por dos aros entrelazados, uno verde y otro azul. Era horroroso, pero la cartera no nos daba para más.

Espero que la policía no tenga forma de llegar hasta el Profesor, porque se sumaría a la lista de ausencias que no podría soportar.

Ahora estoy en una sala de una comisaría que parece sacada de un decorado de ficción de bajo presupuesto. Nadie sabe que estoy aquí, así que en realidad podrían hacerme desaparecer y ni Dios lo notaría. Ni siquiera Pilar, la mujer que ha estado más cerca de ser algo parecido a una novia. Está demasiado acostumbrada a mis infinitos alejamientos. Las comisarías tienen el don de sacar mis paranoias más ocultas.

No me sorprende ver entrar a Mocasines y a Avellanas en la sala de interrogatorios. Evidentemente son ellos los que están detrás de todo esto. Mi intuición no me ha fallado. Es él quien pregunta y ella quien toma notas, o sea que ella es la jefa y él, el subordinado. Ese truco lo sabe cualquier principiante.

Me preguntan una y otra vez dónde está Sergio Marquina, también conocido como «el Profesor». No tienen motivos para no creerme, porque que yo sepa no han encontrado nada que me relacione con él.

A un gesto de la jefa, alguien trae un sobre. Si no me equivoco, es la última carta de Sergio, la que había dentro del compartimento de la caja fuerte. En el mejor de los casos, se me debió de caer cuando lo metía todo de mogollón en la bolsa de plástico. En el peor, han encontrado la bolsa entera. Aunque esta última hipótesis no creo que sea acertada: si lo tuviesen todo, ya me habrían sacado toda la artillería.

—¿Continúa usted afirmando que no conoce a Sergio Marquina?

Ante mi negativa, comienza a leerme la carta. Cuando acaba me vuelve a hacer la misma pregunta, y yo le doy idéntica respuesta. Volvemos a empezar. Y así llevamos ya un rato.

Amigo mío:

Este relato que me ha dado por hacerte de todo lo que pasó dentro de la fábrica a veces resulta algo doloroso. Porque no me siento orgulloso de todo lo que sucedió, sobre todo de eso que llaman «daños colaterales» y que solo sirve para denominar lo que no tenemos agallas de nombrar con todas las letras.

El subinspector Ángel Rubio, mi caballo de Troya, fue el primero en sospechar que el tipo educado, caballeroso y estirado que soy yo en realidad era un monstruo. Lo primero que hizo que su ira se centrase en mí fue algo tan humano como los celos: la mujer de su vida había quedado conmigo para cenar. Pero además de hombre enamorado era un buen policía, de modo que siguió su instinto e hizo su trabajo: le pareció demasiada coincidencia que yo entrara en su vida justo cuando se estaba perpetrando el mayor atraco de la historia de este país. Así que tiró del hilo hasta desenrollar la madeja. Y si no llega a ser por el accidente de coche que tuvo de puro desespero, nuestro atraco hubiese durado poco más de dos días.

Quizá todo habría sido más fácil si Raquel y yo nunca hubiésemos llegado a tutearnos y no me hubiese visto obligado a engordar la bola con más mentiras. Pero una vez que empiezas algo, debes acabarlo. Y la ambición y la necedad de creerme que puedo con todo acabaron por enredar la trama un poco más.

Raquel y yo nos acostamos aquella noche, después de que me apuntase con la pistola y yo la llevase, con cara de estupor, al almacén que había arreglado con cuatro duros para hacerle creer que era un buen tipo. Y abrazados sobre el Chester del decorado que había montado para ella, creo que se me empezó agrietar la máscara. Comencé a sospechar que no era el tipo duro que creía que era y que a lo mejor estaba siendo un cretino con esa mujer cuyo único pecado fue ponerse al frente de la investigación de mi atraco.

Solo me lo quité de la cabeza cuando al fin nos despedimos y llegué al control de mandos. Porque mientras le hacía el amor a una mujer que no se merecía que su primera cita después de ocho años fuese un fraude como yo, habíamos perdido a nuestro caballo de Troya, uno de los nuestros había sido abatido con una barra de hierro y en ese momento un puñado de rehenes hacía explotar una de las puertas dejando, además de un socavón, nuestras esperanzas esparcidas por el suelo en medio de un montón de escombros.

Y las luces de colores con las que había decorado la noche fueron explotando una a una.

Sergio

P. D.: Llámame: $(2+X)(3+Y)(Z-1)(2+X)(3+Y)(Z-2)(2+X)(3+Y)(0 \times Z)$
$(5-Y)(4-X)$. X = primera cifra del códice, Y = segunda cifra del códice;
Z = tercera cifra del códice.

Las últimas tres cifras del teléfono te dirán por dónde continuar.

Ya es mala suerte que la única carta que hayan encontrado de Sergio sea una tan personal. Y ya es buena suerte que le haya dado por ponerlo más difícil y no haya revelado cuál es mi próximo destino. El yin y el yang. Eso también lo decía Sergio.

Cuando la inspectora me pregunta que por qué chasqueo la lengua, le digo que tengo sed. Ni siquiera me he dado cuenta de que lo hacía. Empiezo a estar agotado.

De vez en cuando me llevan a una celda y me dejan tranquilo un rato, pero al cabo de lo que a mí me parece nada vuelven a empezar con el interrogatorio. Tengo que darles carnaza, como dice Sergio. Así que decido decirles la verdad: que estoy participando en un juego cuyo premio es un montón de millones. Cuando se lo digo, la inspectora da un golpe sobre la mesa. A veces la verdad es lo más inverosímil que pueda haber. Porque ellos no saben que para Sergio Marquina regalarme enigmas es la forma más exacta que tiene de decirme cuánto me quiere. Y para mí, resolverlos es la manera de agradecerle que me dibujase una pierna en la sábana cuando más lo necesitaba. Pero eso solo pueden entenderlo dos desgraciados que se pasaron la infancia jugando al escondite con la parca.

Ahora solo se trata de esperar a que me suelten y no me rompan ninguna costilla. Pero si algo sé hacer en esta vida es esperar.

Y espero.

Y sigo esperando.

Y a las siete de la mañana del día siguiente, por fin la puerta de la comisaría se cierra a mi espalda.

No sé si el invierno ha llegado demasiado pronto o se está yendo demasiado tarde. Lo único que sé es que hace un frío del copón y que estoy en la calle con todas mis cosas. Desconozco si los he convencido de que no tengo ni puñetera idea de dónde está mi amigo, pero no me podían retener más horas.

Un camión del ayuntamiento limpia las calles, todavía vacías, mientras un tipo con un chaleco de esos fluorescentes barre. Sin embargo, los intermitentes del vehículo se van alejando y el hombre de la escoba continúa haciendo su trabajo en el mismo sitio. Qué raro. Entonces levanta la cabeza y me mira. No lleva maquillaje, pero reconozco su mirada. Lo abrazaría ahora mismo, pero sé que no puedo hacerlo. Decido seguir al gótico. Al final va a resultar que es mi puñetero ángel de la guarda.

Me lleva unas calles más allá de la comisaría. Abre la puerta de un garaje y me da un paquete. Dentro está todo el material que lancé por el hueco del montaplatos del motel: pajaritas, cartas, códice, fotos... Está todo. Solo me falta la moto, pero me deja claro que no puedo ni acercarme a la pensión.

—No sé conducirla, tío; si no, te la hubiese traído. Lo siento. Quédate un rato aquí si quieres. Al salir, baja la persiana y ya está.

Creo que esa es la frase más larga que me ha dicho.

Cuando sale, abro el paquete y recupero la pajarita y la foto que encontré en el compartimento interior de la caja fuerte.

p. 205

126

Descifra el enigma para saber por dónde continuar.

Si lo necesitas, puedes consultar las pistas de la p. 169.

Escribe aquí la respuesta para recordarla más adelante.

JERO RESUELVE EL ENIGMA
DE LA CASA DE CAROLINA

He estado un buen rato mirando a Carolina por la ventana. Está arrodillada trabajando en el jardín mientras yo me acabo de tomar el café con leche. Sé que mi estómago va a pasarse protestando el resto del día, pero no le voy a hacer un feo a la protagonista de las películas que yo me inventaba para huir de una realidad que gracias a ella ampliaba su paleta de colores.

He salido y la he ayudado a llevar sacos de tierra de un lado para otro, y era todo tan sencillo que cualquiera que nos hubiese visto habría pensado que éramos… ¿qué?, ¿madre e hijo? Puedo asegurar que esa no era la relación que yo tenía en mente cuando Sergio y yo éramos críos. Soñaba con eso, con llevar un montón de lustros casado con esa mujer y hacer lo que hacen las parejas que son felices. Pero ahora que veo sus manos arrugadas me doy cuenta de lo absurdos que fueron aquellos anhelos.

Ni ella me ha preguntado ni yo le he dicho nada de Sergio. ¿Para qué? Ninguno de los dos nos merecemos tener mentiras por respuesta. Solo se ha interesado por lo que pienso hacer en el futuro, y como no lo sé, le he dicho la verdad: que cabe la posibilidad de que le pegue fuego a todo menos a mi moto y a mi pierna ortopédica. Y se ha reído, primero discretamente y luego a carcajadas.

Después de eso me he ido.

Al pasar junto a la mesa del jardín he visto un anillo con dos aros, uno verde y otro azul, entrelazados. Es horroroso, pero a mí me pican los ojos de la emoción.

Llevo bien guardadas la foto y la carta que he encontrado en el costurero, además de la pajarita que había encima. Esta vez Sergio quiere que vaya a Toledo. Pero me lo voy a tomar con calma. Tengo que cuidarme y, además, necesito tiempo.

He tardado dos días en llegar. Y cuando lo he hecho, me encuentro con que eso que en la tele llaman pomposamente «el templo de los atracadores» es una casa de campo enorme que se ha convertido en un lugar de peregrinaje de frikis. Los veo por todas partes: se pasean con los monos rojos y la careta de Dalí que ahora venden en cualquier esquina. Me pregunto qué es lo que le pasa al personal que para ser feliz tiene que meterse en la piel de unos desconocidos. Quizá ese sea el problema, que andamos sobrados de desapego hacia nosotros mismos.

En realidad yo no voy a la casa propiamente dicha, sino al cementerio que está a unos cien metros. Sergio sabe perfectamente que nunca me han hecho gracia estos sitios, así que esta se la guardo.

En el aparcamiento me cruzo con una mujer que lleva máscara y huele a avellanas tostadas. A veces me pasa; algunas personas se quedan a vivir en mis papilas olfativas por mucho tiempo, y aunque no las conozca puedo distinguirlas entre el gentío si hace falta. Pero eso ahora no importa: antes de empezar con la siguiente prueba debo poner orden en lo que tengo, empezando por leer otra vez la carta que me ha dejado Sergio en el costurero de Carolina.

Jero:

Pensé en ti, juro que pensé en ti mientras le contaba a la inspectora durante una negociación que cuando éramos niños jugábamos a polis y cacos, y que pasase lo que pasase, ninguno de nosotros, de los que hacíamos de ladrones, se rendía antes de que lo cogiesen. Era así, ¿verdad? Siempre llegábamos hasta el final. Pero lo cierto es que me inventé un optimismo que no tenía.

En menos de treinta horas, que era el tiempo que llevábamos en la fábrica, Berlín ya había ordenado una paliza y una muerte sin consultarme, Moscú había intentado escapar para poder salvar a su hijo, Denver, y al volver de la carpa donde estaba el centro de mando de la policía me encontré con que la azotea de la Casa de la Moneda estaba llena de personas vestidas con mono rojo y máscara tomando el aire. Ni siquiera yo podía distinguir quién era quién en ese damero.

Y sí, estuve en la carpa de mando de la policía a poco más de un día de que comenzase el atraco. Como te dije, esa mañana en el bar sumé

pros y resté contras sobre si pasar o no a formar parte del paisaje cotidia-
no de la inspectora Murillo, y la operación estaba dando su saldo: su
madre tenía un mensaje urgente que darle y, como no encontraba a Ra-
quel, me llamó a mí, que diligentemente di el recado a la inspectora en la
misma carpa de mando desde donde el CNI intentaba llevar las riendas.

Y hubiese estado todo bien de no ser porque escuchar a una mujer
contar cómo su exmarido la corría a tortas te hace olvidar por unos
segundos que ella es la policía y tú el atracador. Pero solo son eso,
unos segundos. Porque aún crees que, si hace falta, eres perfectamente
capaz de herir a esa mujer que tienes delante y que debe de ser, como
mínimo, tan desgraciada como tú si está sentada en un bar cualquiera
contándole a un desconocido lo que no se atreve a explicarle ni a su
propia madre.

La vida, Jero, a menudo es una ratonera en la que los gatos campan
a sus anchas.

Sergio

P. D: No sé si te va a gustar tu próximo destino. Está a unos cien metros
de la casa cerca de Toledo donde preparamos el atraco. Es un cementerio.
Espero que me perdones.

Una de las pocas veces que mi padre vino a verme al hospital se dejó olvidada su petaca llena de coñac. Esa noche, dos niños se sintieron mayores por primera vez en la vida, mientras se quemaban la garganta mirando la luna, que se veía por la ventana enrejada. Si además hubiésemos tenido un cigarro que llevarnos a la boca, habríamos sido unos auténticos vaqueros. Escondimos la petaca en una caja con contraseña de Sergio, que tenía unos patos dibujados en la tapa que a mí me parecían de lo más cursi.

Nunca me ha importado demasiado lo que diga la gente de mí. Solo me ha interesado lo que piensan las personas a las que realmente quiero en este mundo, y me bastan los dedos de una mano para contarlas. Pero si alguien me ve intentando abrir la puerta del panteón donde descansan los restos de la familia Iglesias-Navarro no dudará en llamar a la policía. Aunque, a decir verdad, cuentas peores he tenido con los maderos.

El día en que me amputaron la pierna lloré hasta quedarme dormido. Cuando desperté, Sergio me había dibujado una nueva en la sábana para que no echase de menos la que ya no tenía, pero se equivocó y en vez de la izquierda me dibujó la derecha. La cara de desconcierto del sabelotodo de San Juan de Dios es de las imágenes más tiernas y divertidas que conservo. Aunque estoy casi seguro de que lo hizo para que un recuerdo divertido compensase uno triste. En alguien así confías hasta dejarte la vida, y si se tiene que ir al infierno, tú te preparas y lo acompañas.

Muy seguro debe de estar de que aquí nunca viene nadie a visitar a sus muertos, porque veo la pajarita justo encima del sarcófago.

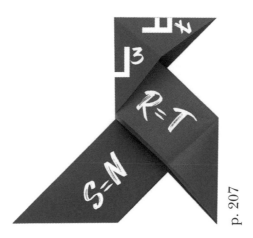

p. 207

El códice y la foto que encontré en el costurero de casa de Carolina descansan tan tranquilos en el banco de madera que hay al lado y que debe de servir para que los vivos charlen cómodamente con los muertos.

No me gusta estar en un cementerio, no me gusta hurgar entre los muertos de la gente y no me gusta que me vigilen, sobre todo si lo hacen con tan poca maña: hay un tipo con mocasines de flecos agachado entre los arbustos al otro lado del cementerio. No le veo la cara porque la oculta tras una de esas caretas que llevan todos los que andan por aquí.

Voy a acabar con esto y a marcharme a mil por hora. Cuando enfoco con la linterna veo que dentro, además de la pajarita, hay una caja con contraseña que tiene unos patos feísimos dibujados en la tapa. Está llena de telarañas. Cuanto antes la abra, antes me largo de aquí.

Descifra el enigma para saber por dónde continuar.

Si lo necesitas, puedes consultar las pistas de la p. 171.

Escribe aquí la respuesta para recordarla más adelante.

Enigma de la caja de latón (p. 13)

PISTA 1

La clave se encuentra en una pajarita.

PISTA 2

Debes superponer la pajarita en la fotografía.

PISTA 3

La pajarita y la fotografía tienen el mismo tipo de líneas, que son letras.

PISTA 4

Las líneas blancas forman el nombre de una ciudad.

PISTA 5

Debes usar el códice para saber el número de la página por la que continuar.

SOLUCIÓN

Respuesta:

Sídney (p. 86)

Enigma de la casa de Carolina (p. 22)

PISTA 1

La clave se encuentra en una pajarita.

PISTA 2

Los números que presenta la pajarita se encuentran también en la fotografía.

PISTA 3

Debes unir los números de la fotografía según se indica en la pajarita.

PISTA 4

Al trazar las líneas entre números se forman letras.

PISTA 5

Las letras forman el nombre de una ciudad.

PISTA 6

Debes usar el códice para saber el número de la página por la que continuar.

SOLUCIÓN

Respuesta:

Oslo (p. 129)

Enigma de la caja metálica (p. 29)

PISTA 1

Debes encontrar todos los círculos.

PISTA 2

En las fotografías encontrarás las letras dentro de los círculos; en la pajarita, el orden.

PISTA 3

La pajarita marca el orden de aparición de las fotografías.

PISTA 4

Las letras de las fotografías forman el nombre de una ciudad.

PISTA 5

Debes usar el códice para saber el número de la página por la que continuar.

RPMPSRP

537421701368CODE
ORDERTUPLMAINRS

Respuesta:

Dakar (p. 107)

Enigma del calidoscopio (p. 37)

PISTA 1

La clave se encuentra en una pajarita.

PISTA 2

Debes superponer la pajarita en la fotografía según la forma indicada.

PISTA 3

La pajarita presenta unas líneas blancas que señalan algunas de las letras de la fotografía.

PISTA 4

Al escoger las letras correctas se forma el nombre de una ciudad.

PISTA 5

Debes usar el códice para saber el número de la página por la que continuar.

SOLUCIÓN

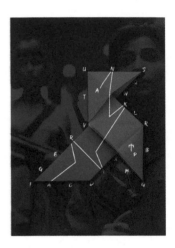

Respuesta:

Ankara (p. 100)

Enigma del joyero pequeño (p. 44)

PISTA 1

La clave se encuentra en cuatro pajaritas.

PISTA 2

Las pajaritas presentan agrupados diferentes cuadrados numerados que coinciden con los de la fotografía.

PISTA 3

Debes agrupar los cuadrados de la fotografía que se indican en cada una de las pajaritas.

PISTA 4

Cada grupo de cuadrados forma una letra.

PISTA 5

Debes colocar la fotografía en horizontal para leer el nombre de una ciudad.

PISTA 6

Debes usar el códice para saber el número de la página por la que continuar.

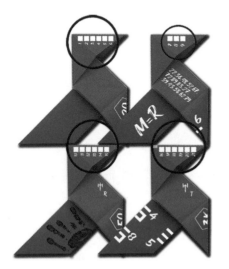

Respuesta:

Roma (p. 114)

Enigma del guardamuebles (p. 50)

PISTA 1

La clave se encuentra en una pajarita.

PISTA 2

La pajarita presenta la parte que falta en las circunferencias blancas que se encuentran en la base de la fotografía.

PISTA 3

Debes superponer la pajarita en la fotografía en el orden que se indica.

PISTA 4

La flecha de la punta del pico de la pajarita indica unas letras; estas forman el nombre de una ciudad.

PISTA 5

Debes usar el códice para saber el número de la página por la que continuar.

Respuesta:

Tallin (p. 94)

Enigma de la maleta (p. 61)

PISTA 1

La clave se encuentra en una pajarita.

PISTA 2

La pajarita presenta el mismo rombo que la fotografía.

PISTA 3

Debes girar la fotografía 90 grados a la izquierda.

PISTA 4

Cada dos líneas verticales se forma una letra uniendo los puntos.

PISTA 5

Las letras forman el nombre de una ciudad.

PISTA 6

Debes usar el códice para saber el número de la página por la que continuar.

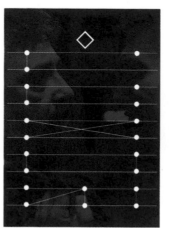

Respuesta:

Luxor (p. 46)

Enigma del joyero (p. 68)

PISTA 1

La clave se encuentra en cinco pajaritas.

PISTA 2

Debes averiguar qué letra está relacionada con cada uno de los símbolos de la fotografía.

PISTA 3

Cada uno de los símbolos/letras está relacionado con uno de los dedos del personaje de la fotografía.

PISTA 4

En una de las pajaritas hay los mismos dedos que en la fotografía, pero en otro orden.

PISTA 5

Al colocar las letras según el orden de los dedos se forma el nombre de una ciudad.

PISTA 6

Debes usar el códice para saber el número de la página por la que continuar.

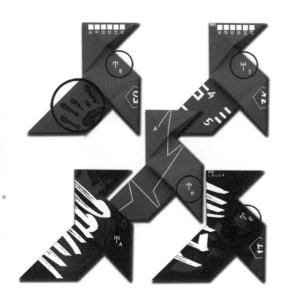

Respuesta:

Petra (p. 39)

Enigma del interior de la caja fuerte (p. 75)

PISTA 1

La clave se encuentra en cuatro pajaritas.

PISTA 2

Debes superponer las pajaritas en la fotografía según el perfil dibujado.

PISTA 3

El número de rayas en la parte superior de las pajaritas indica el orden para colocarlas.

PISTA 4

Las pajaritas presentan nombres de personas.

PISTA 5

Al superponer las pajaritas se tapan letras de los nombres y se forma el nombre de una ciudad.

PISTA 6

Debes usar el códice para saber el número de la página por la que continuar.

PISTA 7

Debes sumar 5 al número encontrado en el códice. Este número tiene cinco letras en su nombre, como indica la posdata de la carta.

SOLUCIÓN

Respuesta:

Manila (p. 121)

Enigma de la librería (p. 84)

PISTA 1

La clave se encuentra en cinco pajaritas.

PISTA 2

Debes superponer cada una de las pajaritas en la fotografía siguiendo las líneas centrales.

PISTA 3

Al unir cada una de las líneas con las de cada una de las pajaritas se forma una letra.

PISTA 4

Debes encontrar ocho letras.

PISTA 5

Las letras forman el nombre de una ciudad.

PISTA 6

Debes usar el códice para saber el número de la página por la que continuar.

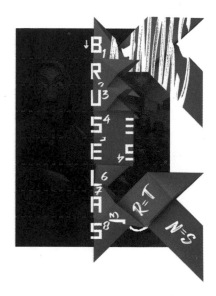

Respuesta:

Bruselas (p. 24)

Enigma del hospital (p.92)

PISTA 1

La clave se encuentra en una pajarita.

PISTA 2

La pajarita presenta la parte de los triángulos que falta en la fotografía.

PISTA 3

Debes superponer la pajarita en la fotografía en dos posiciones diferentes.

PISTA 4

Las flechas de la pajarita señalan unos números y unas letras.

PISTA 5

Las letras forman el nombre de una ciudad; los números indican el orden de las letras.

PISTA 6

Debes usar el códice para saber el número de la página por la que continuar.

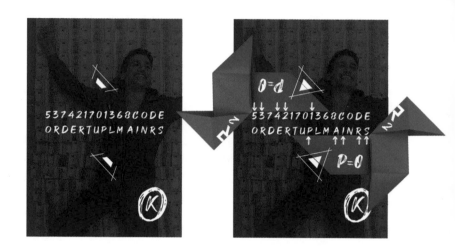

Respuesta:

París (p. 15)

Enigma del aeropuerto (p. 98)

PISTA 1

La clave se encuentra en cuatro pajaritas.

PISTA 2

En la fotografía se muestra una hora; en las pajaritas hay relojes.

PISTA 3

Las letras que se encuentran en el 1 de los relojes forman el nombre de una ciudad.

PISTA 4

La hora de cada uno de los relojes indica el orden de las letras.

PISTA 5

Debes usar el códice para saber el número de la página por la que continuar.

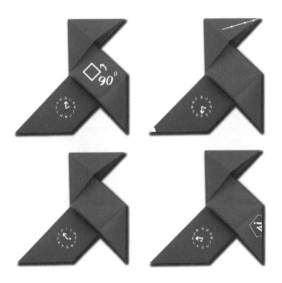

Enigma del planetario (p. 105)

PISTA 1

La clave se encuentra en el papel de color rojo.

PISTA 2

Debes doblar el papel y formar una pajarita siguiendo los pasos.

PISTA 3

El lado rojo muestra parte de la fotografía. El punto con la X es una referencia, en ambos lados del papel, para que sepas cómo colocarlo cuando lo dobles.

PISTA 4

Al formar la pajarita solo podrás leer unas letras; las demás se esconderán entre los pliegues.

PISTA 5

Debes posicionar la pajarita como en la fotografía.

PISTA 6

Las letras forman el nombre de una ciudad.

PISTA 7

Debes usar el códice para saber el número de la página por la que continuar.

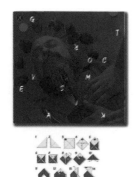

Respuesta:

Kiev (p. 63)

Enigma del motel (p. 112)

PISTA 1

La clave se encuentra en una pajarita.

PISTA 2

La pajarita presenta el mismo tramado de rayas que la fotografía.

PISTA 3

En la fotografía hay combinaciones de letras. Cada una de las cruces de la pajarita coincide con una de las letras de las combinaciones.

PISTA 4

Debes hacer coincidir el tramado de líneas para saber el orden por el que debes elegir las letras.

PISTA 5

Las letras forman el nombre de una ciudad.

PISTA 6

Debes usar el códice para saber el número de la página por la que continuar.

Respuesta:

Atenas (p. 70)

Enigma del restaurante (p. 119)

PISTA 1

La clave se encuentra en cinco pajaritas.

PISTA 2

En la fotografía hay un mensaje partido por la mitad. Debes deducir qué parte del mensaje falta para poder leerlo.

PISTA 3

Las pajaritas presentan la mitad de un pentágono y la mitad de una letra y un número.

PISTA 4

Debes deducir la parte que falta.

PISTA 5

Los números indican el orden; las letras forman el nombre de una ciudad.

PISTA 6

Debes usar el códice para saber el número de la página por la que continuar.

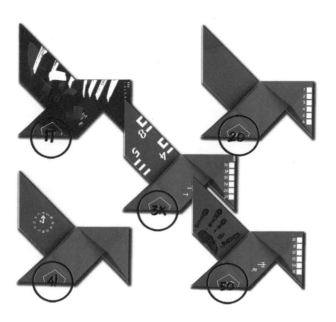

Respuesta:

Tokio (p. 56)

Enigma del garaje (p. 127)

PISTA 1

La clave se encuentra en cuatro pajaritas.

PISTA 2

Las pajaritas presentan partes de la fotografía.

PISTA 3

Debes superponer las pajaritas en la fotografía siguiendo las líneas blancas, que marcan el perfil.

PISTA 4

Las líneas blancas de las pajaritas esconden letras.

PISTA 5

Al colocar las pajaritas en el lugar correcto se forma el nombre de una ciudad.

PISTA 6

Debes usar el códice para saber el número que debes utilizar para resolver la fórmula de la posdata.

PISTA 7

Las últimas tres cifras de la fórmula indican la página por la que continuar.

SOLUCIÓN

 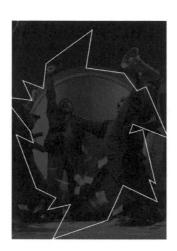 

Respuesta:

Pekín (p. 31)
Número de teléfono: 55855755031

Enigma del cementerio (p. 135)

PISTA 1

La clave se encuentra en tres pajaritas.

PISTA 2

Debes cambiar las letras de la fotografía por otras letras.

PISTA 3

Las pajaritas indican las correspondencias de letras.

PISTA 4

Al cambiar las letras se forma el nombre de una ciudad.

PISTA 5

Debes usar el códice para saber el número de la página por la que continuar.

Respuesta:

Toronto (p. 77)

p. 9

p. 20

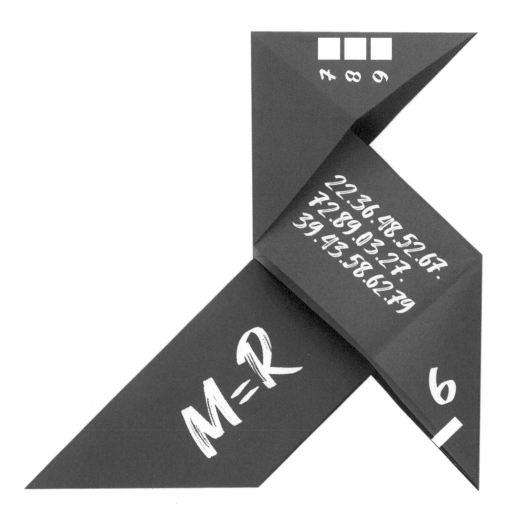

p. 28

p. 36

p. 40

p. 47

p. 58

p. 65

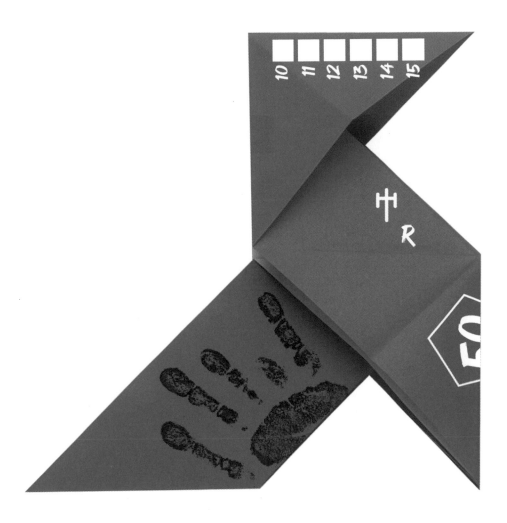

p. 74

p. 78

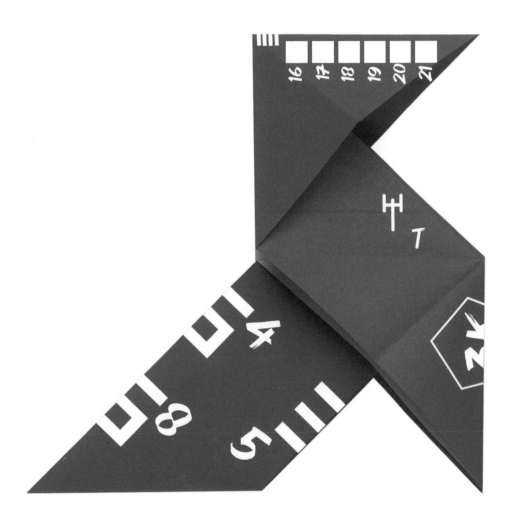

p. 90

p. 95

p. 104

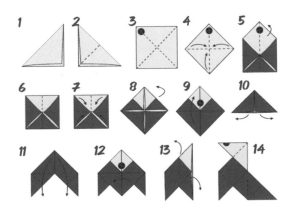

p. 111

p. 116

p. 126

p. 133